Fan
ファン文庫

浅草ちょこれいと堂
雅な茶人とショコラティエール

著　江本マシメサ

マイナビ出版

Contents

Asakusa Chocolate Do
presented by
mashimesa emoto

プロローグ

「この、ブス！」

「お前のほうこそ、ブスだろう！」

二人のフランス人の大男が口汚く罵り合い、髪を引っ張り合い、互いに足を踏み合う。

その少し離れた場所で、眉間に皺を寄せ、こめかみを押さえる一人の日本人がいた。

ショコラ色の明るく短い髪に、溶かしたチョコ《ガナッシュ》のような色素の薄い目、スッと通った目鼻立ちに形のよい唇と、整った顔立ちをした女性だ。

彼女の名は河野麗子《こうのれいこ》。百七十センチもある身長と極めて薄い胸という、ボーイッシュな見た目のせいでたまに大学生男子に間違われる。だが、間違いなく二十四歳の女性チョコレート職人《ショコラティエール》である。

その麗子が、なぜか二人のフランス人の喧嘩に巻き込まれていた。

どうしてこうなったのか。眉間の皺を解《ほぐ》しながら思う。

ここは駅から徒歩五分の場所にある、銀座の一等地に建つ人気店『ララ・オランジェット』。オーナーであるフランス人ジュリアン・ミシェルが五年前にオープンさせた、行列ができるショコラトリー。すなわち、チョコレート専門店である。

たった五年で、『ララ・オランジェット』は都内の一等地やデパートに五店舗も支店を作った。彼は異国の地で、経営者としての才能を見事に発揮する。

そんなジュリアンは四十八歳で、バツ二。二人目の妻は日本人だったが、一年前に別れたらしい。顎髭《あごひげ》がとても似合っており見た目は渋くてカッコイイが、喋りは女性的。女性の使うたおやかな日本語が好きという理由で使っているらしい。渋い見た目とのギャップが、常連客の中で評判となっている。

もう一人のフランス人男性は、トマ・アロンジュ。甘い容貌は客に絶大な人気があり、独身であることと相まって、非常にモテる三十五歳。『ショコラの天才』と有名な、才能ある筆頭ショコラティエだ。

二人共身長百八十センチ超えの、大男である。

綺麗に清掃され、ピカピカに光る調理台が並ぶ厨房の中で巨漢が二人暴れる様子は迫力があった。さながら、怪獣映画を見ているかのように錯覚させられる。特撮なしの、紛《まご》うかたなき実写である。

揃って調理台にぶつかり、新人ショコラティエが磨き幾重にも重ねてあった湯煎用のボウルが高い音を立てながら床の上に散らばった。

カーンという耳をつんざくような音に、麗子は思わず耳を塞ぐ。しかし、二人のフランス人はまったく気にも留めない。

「店の女の子に手を出すなって言ったでしょう？　ああ、もう、ヤダ！　だからショコラティエールは入れないようにしていたのに！　レイコだったら大丈夫だと思っていたんだ

「だから、レイコとはそんな関係じゃないって、言っているだろうが!」

「嘘よ! 毎週、毎週、二人でこっそり出かけて!」

「だから、それは観劇に出かけているだけって、言っただろう? それに、二人でこっそりではなく、大所帯だ！」

「嘘よ！」

ブスだの バカだの、シンプルな言葉の応酬は日本語で行われていたが、途中からフランス語交じりになる。麗子は単語を拾いつつ、会話を把握していた。

おそらく今回の誤解に関して、トマが詳しい事情を話しているに違いない。納得してくれたらいいけれど、ジュリアンの空気は少しも和らいでいなかった。

なぜ、トマと麗子が二人で出かけたことを咎められているのか。

それはここ、『ララ・オランジェット』は恋愛禁止だからだ。恋人同士が職場にいると、仕事に身が入らないというジュリアンの方針からだという。しかし、本当の理由はジュリアンが、妬ましくなるかららしい。

「レイコは仕事仲間だ！　女として見ていない」

それもまた、どうなんだと麗子は思う。短い髪を指先で摘まみ、溜め息を一つ落とした。

先日、実家に帰ったら、近所のおばさんに「あら、お兄ちゃん、帰って来ていたのね」と言われた。二歳年上の兄に、間違われたのだ。パンツスタイルに帽子を深く被っていたからだと思いたい。

髪を伸ばそうと思ったことは一度や二度ではない。綺麗な長い髪は、憧れがある。しかし、髪の手入れは時間がかかる。そんな暇があったら、チョコレートの勉強がしたい。

麗子は根っからの、チョコレートマニアだった。

物思いにふけっていたが、ジュリアンとトマの怒号で我に返る。

「あんた、生意気なのよ！」

「性分だから、どうしようもねえだろうが！」

「……」

本当に、どうしてこうなったのか。

この喧嘩の発端は、数枚の写真だった。どの写真にも、トマと麗子が二人っきりで写っている。これは先週と先々週、店の定休日にトマとファンクラブの仲間とで観劇に行った帰りに撮影されたものだろう。

レイコとトマはごくごく普通に接していたつもりだが、撮影した角度が絶妙でかなり親密な雰囲気に見える。

誰が撮影したのかは分からない。けれど、二人のプライベート写真が匿名で店に送られてきたのだ。

トマはとある劇団の追っかけをしている。ファンクラブにも加入し、店の定休日は昼間から観劇して、その後はファン同士の茶会で会話に花を咲かせるのが彼の何よりの楽しみだった。

その趣味はジュリアンも把握している。

「チケットが一枚余ったから、暇そうにしていたレイコを誘っただけだ！」

「だったら、一人で行けばいいじゃない！」

「イヤだ。誰かを連れて行かなきゃ、ファンクラブの活動の貢献にならないだろうが！」

そうなのだ。麗子はトマがファンクラブのノルマをこなすために駆り出されたに過ぎなかった。ジュリアンが心配するようなことはまったく欠片もない。

「そもそも、トマ。あなたのいる一号店、人が辞めすぎなのよ！」

「仕方がないだろ！　ショコラティエの世界は厳しいんだ」

トマはとにかく口が悪い。強い言葉で言ったほうが日本人にはよく伝わると思っているのか。彼の怒号が響き渡らない日はないくらいだ。

麗子ですら、日常的に怒鳴られている。ただ、彼はなんの理由もなしに怒っているのではない。相手に欠けている部分を、包み隠さずストレートに伝えているだけに過ぎないのだ。

自分の行動と怒られた内容を反芻することは、成長のきっかけになる。傷つくことは多々あったが、それが分かっているのでなんとか乗り越えてこられたのだ。

仕事に余裕がなく自分の行動を振り返ることができない者は、ただ理不尽に怒鳴られただけだと感じるだろう。

麗子は一度、落ち込む同僚に声をかけたことがあった。トマは悪気があって言っているのではなく、いい方向に導くために言っているのだと。しかし、麗子の言葉の真意は伝わらず、結局その同僚は店を辞めてしまった。口下手で、大人しい麗子は、ますます同僚との距離感を摑めなくなった。

塞ぎ込んでいる時に、他人の言葉は届きにくい。麗子のように自分で乗り越えるしかないのだ。この一件でそう感じて以来、麗子は助言をしないようにしていた。

「だいたいね、あなた達、仲がよすぎるのよ！　いつも、ベタベタして！」

「はあ？　一番ここで長いのはレイコなんだ。頼るのは当たり前だろ。別に、怪しむような関係じゃねえよ」

麗子は『ララ・オランジェット』に勤めて四年。一番の古株であった。

彼氏いない歴は考えたくない。麗子はずっとチョコレート一筋だった。親戚から「そろそろ結婚したら？」と遠回しに言われることもあったものの、適当に相槌を打つだけで、本気で頷くことはなかったのだ。

ショコラティエールとして『ララ・オランジェット』で働けることは、やっと摑んだチャンスである。またとない機会を逃してはならないと、真面目に、がむしゃらに頑張っていた。

それなのに——どうしてこんなことに巻き込まれてしまったのか。

昔から、麗子は運が悪いのだ。

ソフトボール大会の時に球が頭に当たったり、くじで学級委員長に選ばれたり、誕生日がだいたい台風だったり。

専門学校の留学先を決める時だって、そうだった。行き先はベルギーとフランスの二カ国で、留学希望者の中で成績上位の者から留学先を選べるという決まりだった。定員はベルギーは一名、フランスは二名だけ。

麗子は留学希望者の中でもっとも成績がよかった。チョコレートの本場であるフランスよりも、自分が好きなチョコレートメーカーがあるベルギーを希望するつもりだった。

しかし――麗子のもとに一人の同級生がやってきて、どうしてもベルギーに行きたいと泣きついたのだ。

彼女の名前は太田紗香《おおたさやか》。ハニーブラウンの髪を巻き、ぱっちりとした目とくるりと上を向いた睫毛が可愛らしい女性である。

紗香は言った。「特別なショコラティエールになりたいので、ベルギーのチョコレート製法について学びたい」と。麗子も同じ気持ちだった。だから、その時は断った。

だが、事態は思いがけない方向へ進む。紗香は自分がベルギーに行けないと分かってから急に塞ぎ込み、元気がなくなってしまったのだ。しかもクラスメイト達は皆、それが麗子のせいだと思い込んでいる。

居たたまれなくなった結果、麗子はベルギー行きを紗香に譲った。

そんなわけで、麗子の留学先はフランスとなった。

パリは華やかだが治安が悪く、思っていたような場所ではなかった。しかし、パリで食べたチョコレートはどれも素晴らしく、麗子はショコラティエールになりたいという気持ちをますます強くした。

そんな中、麗子は『ララ・オランジェット』オーナー、ジュリアンと出会った。

そして、彼の店で修業するうちに、気に入られてしまったのだ。

留学最後の日、ジュリアンからキスマーク入りの名刺をもらい、今度、日本で新しいショコラトリーをオープンさせるので、そこで働かないかと誘われた。

誘われた当初は嬉しかったが、口約束だったので本人も忘れているだろうと思いあてにはしていなかった。

その後、帰国してからも麗子は学校で勉強を続け、卒業間近になっていくつかのショコラトリーの採用試験を受けたが、いずれも不採用だった。ところが最後の最後でジュリアンに連絡して採用通知をもらった。捨てる神あれば、拾う神ありだ。

ジュリアンの店は開店して一年しか経っていないにも拘わらず、すでに人気店だった。幸運なことに、そんな店で、働けることになったのだ。

運が悪いと思っていた人生の中での、幸運である。しかし——。

専門学校の卒業式の日、麗子が人気ショコラトリーに就職することを仲間達が祝ってくれている中、思いがけない言葉をぶつけられる。

ベルギー行きの留学を譲った紗香が、突然「ずるい」と言いだしたのだ。

麗子は知らなかったが、たった一人でベルギーに留学した彼女は、大変な苦労をしたらしい。

そもそも紗香はベルギーがチョコレートの本場だと思い込んでいたようだ。

チョコレートといったら、ベルギーを思い浮かべる人は多い。たしかに有名ではあるものの、チョコレートの歴史にベルギーより先に名を連ねるのはフランスだ。

麗子は高校の世界史の時間に、教師がしていた話を思い出す。ヨーロッパにチョコレートが伝わるまで、さまざまな歴史があるのだ。

カカオ豆を最初に口にしたヨーロッパ人はかの有名なコロンブスで、当時はおいしいものでもなかったため興味を抱かなかったとか。それから二十年以上経ったあと、スペイン人のエルナン・コルテスが中南米からスペインにチョコレートを持ち帰ったらしい。

スペイン人はチョコレートを甘くおいしい飲み物にして大々的に流行らせる。そんなチョコレートに、スペインの王族ハプスブルク家の人々も夢中になった。

さらにチョコレートは、スペイン王女の輿入れと共にフランスへ渡った。その後、チョコレートはヨーロッパから世界中に広がることになる。

この歴史を知ったことがきっかけで、麗子はチョコレートに興味を持ち始めた。

海外出張に行くことが多かった父に、チョコレートの土産を頼みさまざまな国の物を食べる。

スイスにフランス、ドイツにイギリス、ノルウェーなど。

その中で麗子が一番美味しいと感じたのが、ベルギーのチョコレートだった。

だから、麗子はいつかベルギーでチョコレート作りの勉強をしたいと望んでいた。

結局ベルギーには行けなかったが、フランスではいい経験ができた。加えてフランス人は皆親切で、引っ込み思案な麗子にも優しく接してくれた。

一方、ベルギーに行った紗香はホストファミリーの家で家政婦のように家の仕事をたくさん押しつけられ、食事はどれも口に合わず、有名ショコラトリーでの修業はボウル洗いばかりの毎日で、得られたものはほとんどなかった。

それなのに、パリに行った麗子は修業先の店でちやほやされ、挙げ句にショコラティエールとして就職するための縁を手に入れた。そんなにいい目を見られるのならば、自分がフランスに行けばよかった。そんな不満を漏らす。

フランスであったことは、一緒に留学したもう一人の同級生しか知らない。彼女はすでに専門学校を辞め、ショコラティエールを目指すのを止めてしまっていた。

その彼女が、麗子の就職が決まった経緯を紗香に喋ってしまったのかもしれない。

実力ではなく、縁故でショコラティエールとなったと聞いた途端、麗子に厳しい視線が突き刺さる。今まで祝ってくれた級友達も、白けた表情となっていた。

どうしてこんなことになってしまったのか。

今まで一緒にチョコレートについて学び、切磋琢磨してきた仲間達なのに、こうもあっさりと手の平を返すものなのか。信じられない気持ちになる。

そもそも、彼らは仲間ではなかったのかもしれない。

最初から、みんなライバルだったのだ。専門学校を卒業したからといって、ショコラトリーで働ける者は多くない。

羨ましいという感情が妬みに変わっても不思議ではない。

最初は信じがたく悲しい気持ちになったものの、これからは皆別れ別れになって働くのだから、もう、こうなってしまった以上、再び出会うこともないだろうと気持ちを切り替えることにした。

今は、一人前のショコラティエールになるために働くだけだ。その時の麗子はそう思っていた。


それから四年後――再び麗子は身近な人の強い感情に苛まれることになる。

麗子のせいで、オーナーのジュリアンとショコラティエのトマが険悪な雰囲気になっているのだ。

チョコレートは幸せを運んでくれる菓子だと麗子は思っている。それなのに、チョコレートを作るスタッフがこんな状態では夢の欠片もない。

店の問題はこれだけではなかった。麗子がジュリアンとトマから気に入られている、という噂がある。他のショコラティエールと扱いに差があると。

麗子がジュリアンやトマから気に入られ、贔屓されているという噂話は本人の耳にも届いていた。けれど、聞かなかった振りをして働いていた。そんな陰口が気にならなくなるほど、麗子はチョコレートを作ることが楽しかったからだ。

勤務中は悪い感情を外に出す人はいなかったので、平然としていられたのかもしれない。

しかし、今回の件は違う。ジュリアンとトマの不仲が、目に見えているのだ。

この争いの原因が麗子だと判明したら、今まで我慢していた他のショコラティエール達の不満が爆発するだろう。悪い感情が、きっと表面化するに違いない。

もうこの店で働くのは、限界だったのかもしれない。麗子は瞬時に腹を括る。

「あの、オーナー。ちょっといいですか？」

「何よ、レイコ。あなたは黙っていなさい」

「いいえ、言わせてください。私……………この店を辞めます」

ジュリアンとトマは争い合いをピタリと止め、麗子を見る。

「え、辞め、辞めるって？」

「実は私、オーナーの贔屓で採用されたと言われていたんです。四年もいるのに、店の人達ともあまり打ち解けられませんでしたし……」

「それはあなたが、一人を好む孤高のタイプだから、みんな放っておいてくれたんでしょう？」

「え!?」

意外な指摘をされて麗子は戸惑う。

どうして、皆の輪から外れてしまうのか。それは、麗子の悩みでもあった。

学生時代、友達はそれなりにいた。専門学校時代もだ。しかし、みんないつの間にか疎遠になって、何年も会っていない。

毎回、毎回、どうしてこうなるのか、麗子自身にも分からなかった。

そう告白するとジュリアンが悲しげな顔をした。

「それは、あなたが不要になった人をどんどん切り捨てているからなのよ。その結果が、今の孤独なの」

「……」

「ワタシ達のことも、捨てるのね」

そんなつもりはない。しかし、返す言葉が見つからなかった。

ここで働いた四年間は、充実していて楽しかった。唯一、人付き合い以外は。

『ララ・オランジェット』で働き始めた当初、右も左も分からない麗子を、店のみんなは温かく迎えてくれた。しかし——飲み会に参加しなかったり、勉強会への参加を断っていたりするうちに、周囲の態度は変わっていった。皆、麗子から距離を置くようになったのだ。

飲み会に行く時間があったら、一つでも多くチョコレートを作る練習をしたい。勉強だって、集まってするものではないと未だに思っている。

その結果、麗子はどのスタッフよりも、結果を残した。麗子が考案したチョコレートはほぼ商品化され、オーナーのジュリアンからはコンクールへ出さないかと何度も勧められた。商品化された麗子のチョコレートは、すぐに売れ筋商品となった。

しかし、成功すればするほど、周囲との距離も遠のいていったのだ。

その理由は、協調性がないだけの問題なのか。本人も分かっていない。

「あなたはこれからも、人付き合いから逃げるの？　何かあるたびに、こうして人との縁を切っていくの？」

「それは――」

ジュリアンの言葉に、胸がツキンと痛む。逃げるわけではない。自分がいると争いの種となる。だから、身を引きたいのだ。だが、口下手な麗子はそれを上手く説明できない。

「誰とも関わらずに、ただチョコレートを作るだけのショコラティエールなんて、ロボットと同じなんだからね。分かっている？」

ロボットと同じ――。そんなはずはない、自分には誰よりもチョコレートを愛する熱い想いがあるのに、何も言い返せない。悲しかった。泣きだしたかったのに、涙の一滴も出ない。なぜ、ここまで感情が外に出てこないのか、麗子は自分のことながら理解不能だった。

唯一分かることは、ここではもうやっていけないということ。

そんな麗子に、ジュリアンは諭すように言った。

「ショコラティエールとして働ける場所は少ないの。ここを辞めたら、もう二度となれないかもしれないのよ？」

その言葉は、麗子の胸に深く突き刺さる。ショコラティエールになることは、中学生の時からの夢だった。

世界史の授業で聞いたチョコレートの話から興味を抱き、海外出張が多い父親にチョコレートの土産をせがんでいた記憶は昨日のことのように思い出せる。

毎日、チョコレートのことで頭がいっぱいだったのだ。

知れば知るほど、チョコレートの世界は奥が深い。麗子はどんどん、チョコレートにのめり込んでいった。

各国のチョコレートを食べることの次に麗子が夢中になったのが、チョコレート作りだ。本を見て、自分好みのチョコレートの研究に明け暮れた。チョコレートを食べすぎて、ニキビに悩んだこともあったし、体重が増えて丸々としていた時期もある。

一度、親に叱られてからは、運動とバランスのよい食事、それからチョコレートを食べるのは三日に一度だけと制限を設けていた。

友達との思い出はあまり記憶にない。麗子の青春はチョコレート一色だったのだ。

ぼんやりとしていた麗子に、ジュリアンは呆れたように言った。

「レイコ、あなたね、そういうことばかりしていると、最終的に一人でよぼよぼのお婆ちゃんになるだけだから。それでもいいなら、ワタシは引き留めないわ」

衝撃的な言葉である。けれど、今の麗子には、批難の視線に耐えながら働く勇気はとてもなかった。


一ヵ月半後、麗子は退職届を提出し、『ララ・オランジェット』を辞めた。

第一章　人生はショコラ・ノワールのごとく

河野麗子、二十四歳、配偶者はなし。

それだけではなく、コンクール受賞歴もなければ、チョコレート業界にコネもない。ジュリアンとトマ以外に知り合いのショコラティエやショコラティエールもいない。驚くほどのないない尽くしだった。

真っ白な履歴書を前に、麗子は頭を抱え込む。

履歴書に書くネタが驚くほどまったくない。こんなことで頭を悩ませることになるとは、想像もしていなかった。

なぜ、コンクールに参加しなかったのか。それは、『ララ・オランジェット』の仲間に変に気を遣った結果だった。

毎年、チョコレート関係のコンテストがいくつも開催される。オーナーであるジュリアンは全員にアイデアを出すよう奨励していた。

スタッフが考案したチョコレートは、ジュリアンに提出する前に、まずトマが確認する。彼はチョコレートに関してはとても厳しいことで有名だった。

麗子が『ララ・オランジェット』で働き始めた最初の年。誰がアイデアを提出しても「ゴミだ」としか言わなかったトマが、麗子の提出したチョコレートだけは絶賛した。

入賞確実だとも言われジュリアンに提出するまで話が進むが、最終的に麗子はコンテストの参加を『ララ・オランジェット』内の審査に通す前に取り止めた。

多大な期待を寄せられて不安になったし、アイデアをゴミ扱いされた同僚との仲が険悪になるのが怖かったからだ。

以降、麗子はコンテストの参加に興味を持たない振りをしていた。受賞した同僚を見て何も思わないわけではなかったが、そこに至るまでの期待に応えられる精神力がなかったのだ。

ふと、ジュリアンが言った言葉が、脳裏を過る。

――レイコ、あなたね、そういうことばかりしていると、最終的に一人でよぼよぼのお婆ちゃんになるだけだから。それでもいいなら、ワタシは引き留めないわ。

麗子が『ララ・オランジェット』を辞めたのは、孤独への第一歩だったかもしれない。でも、その時の麗子には辞めるのが最善の道であるように思えたのだ。

しかし、嫌なことから目を背けた結果が、今のないない尽くしの麗子を作っている。これで、よかったのか。まだ、分からない。

今はとにかく、再就職先を探すばかりだった。だが、ショコラティエールの就職先はそれほど多くない。

今まで勤めていたようなチョコレート専門店が第一希望だ。他に、ホテル、レストラン、チョコレートメーカーなど。

麗子は求人のあった四社を受けた。一社目はベルギーのチョコレートメーカーのショコラトリー。面接で「なぜ、コンテストを受けなかったのか」と聞かれ、言葉に詰まる。自身のチョコレートには自信があった。しかし、コンテストを敢えて受けなかったということは、自信がないと言っているようなものだ。当然のごとく、不採用だった。

二社目はチョコレートメーカーの製品開発部門。協調性はあるかという質問に、言葉を失ってしまった。結果は不採用。

三社目はホテルの製菓部門。前の職場での同僚との印象的な話を聞かれ、何も浮かんでこなかった。言うまでもなく、採用の連絡は届かない。もらうのは不採用の連絡ばかりだ。

四社目はレストラン。同じチョコレート菓子を作り続けることができるかという質問には、「もちろんです」とはっきり答えた。だが、チョコレート作り以外の仕事も任せるかもしれない、問題ないかと言われて「はい」と言うことができなかった。結果は当然不採用。

四社とも、不採用になった理由は麗子自身の問題のように思えた。

面接官に言われた、「あなたは一人で仕事をしていたようですね」という言葉には、「はい」と答えるしかなかった。

実際に、チョコレートは一人で作るものだから。

あの時、どう答えるべきだったのか。面接官の批難するような視線が、忘れられない。

……作ったチョコレートを、試食して採用するか否かを決めてくれたらいいのに。

勝手なことだと思いつつも、性格や気質のせいで不採用になるのは納得がいかない。

ただ、心の奥底では、分かっている。ただ、チョコレートを作るだけでいいのならば、ショコラティエールを雇わずともロボットで問題ない。

企業が必要としているのはチョコレートを上手く作れる人ではなく、チョコレート作りの技術を持つ協調性のある者。それを、面接で見ているのだ。

麗子は自らに原因があると分かっていたが、どうすることもできなかった。

ジュリアンに言われた、ロボットと同じという言葉が、面接官の責めるような視線と重なって余計に落ち込んでしまった。


今日も今日とて、スーツ姿で就職活動に励む。

まだ軽く汗ばむような十月の初旬に『ララ・オランジェット』を辞め、早くも一ヵ月が経った。

吹く風も冷たくなり、木々の葉は紅葉を終え、はらりはらりと散っていく。

そんな中、五社目から連絡が届く。北風が吹き荒れる歩道の片隅で、『採用結果のお知らせ』というタイトルのメールをドキドキしながら開いた。目に飛び込んできたのは「今回はご縁がありませんでした」というシンプルな定型文が打たれているだけの不採用通知。

不採用が続くと、自分はいらない人間なのだと否定されているようで、悲しい気持ちになる。そろそろ慣れてくるかと思いきや、そんなことはない。

すっかり落ち込んでしまったので、気分転換をしなくては。ちょうど、近くにベルギーのチョコレートメーカーの店があった。その店はチョコレートの販売がメインだが、喫茶スペースもありゆっくり寛ぐこともできるのだ。

冷え切った心と体を温めるため、温かいチョコレートドリンクでも飲もうと麗子が一歩を踏み出した瞬間、背後から声をかけられた。

「すみません、そこのお嬢さん」

少し掠《かす》れているが、落ち着いた男性の声が聞こえた。お嬢さんと呼ばれ、振り返るのは図々しい見た目と年頃である。しかし、周囲には麗子以外誰もいない。

恥を忍んで振り返った先にいたのは、仕立てのよさそうなスーツをまとったロマンスグレーの異国の老人である。銀縁眼鏡をかけ、形のよい口髭に、手にステッキを持った、英国紳士という言葉がふさわしい上品な佇まいだった。

目尻には皺が刻まれており、目は穏やか。弧を描いた知的な口元。若い時はさぞかし恰好良かっただろう。そんな印象の老人だった。

この紳士は、いったい何者なのか。観光客ではないだろう。なぜならば、驚くほど流《りゅう》暢《ちょう》な日本語を喋るからだ。

道に迷っているとか時間が分からないとか、助けを求めて声をかけてきたようには思えなかった。そのため、麗子は思わず質問する。

「あの、私、ですか?」

「ええ、あなたです。私は、ギルバート・テイラーと申します」

シルクハットを軽く上げ、流暢な日本語で挨拶される。

「私は河野麗子——あ！」

名前を聞いて、そういえばと思い出した。

ギルバート・テイラー、彼はいつも、『ララ・オランジェット』の新作チョコレートを予約している常連だ。その彼がなぜ、声をかけてきたのか。

「あなたは……よくチョコレートを買いにいらっしゃる……」

「はい。偶然ですね。本当に驚きました。これも何かのご縁です。よろしかったら、そこのお店でショコラ・ショーをご一緒しませんか？」

ショコラ・ショー。フランス語でホットチョコレートを意味する。

ギルバートと名乗った紳士はシルクハットを胸に当てて、にっこりと微笑んだ。なんともスマートな誘い方であった。

ショコラティエールである麗子は店先に出ることがほとんどないため、常連客といえどギルバートと会ったことも喋ったこともない。だが知らない人ではないし、急ぐ用があるわけでもない今の麗子には断る理由もなかった。それに麗子はちょうど、ショコラ・ショーを飲もうとしていたのだ。

「では、せっかくですから」

「ありがとうございます」

ギルバートは店の扉を開いて麗子をカフェコーナーまで誘《いざな》い、椅子を引いてくれる。完璧なエスコートだ。どうぞと手で示され、こんなことをされたことがない麗子は戸惑った。

もう一度、柔和な笑顔で「どうぞ」と勧められたため、なんとか席につく。

「では、ショコラ・ショーを頼んできますので、ここでお待ちください」

「あ、自分の分は自分で――」

「いえいえ、私がお誘いしたので、お気になさらず」

立ち上がろうとした麗子の肩にそっと手が添えられ、ここで待っておくように言われる。

振り返った時には、ギルバートはすたすたとカウンターのほうへ歩いて行っていた。

背筋がピンと伸びた、美しい姿勢の老人であった。しばし、その後ろ姿に見とれる。

それにしても、いったいなんの用で声をかけてきたのか。彼は『ララ・オランジェット』の常連だ。もしかしたら、トマから麗子が退職したことを聞いたのかもしれない。

ぼんやりと考え事をしているうちに、チョコレートの甘い香りが鼻腔をかすめる。

「お待たせしました」

ギルバートは執事のように、優雅な手つきで麗子の前にホットチョコレートを置いてくれる。仕草の一つ一つが洗練されていて、上品だった。麗子はつかの間、英国貴族のお嬢様気分を味わう。

大好きなチョコレートの香りを、目一杯吸い込んだ。

凍っていた心の氷を解かしてくれるような、甘く優しい香りに包まれる。じわじわと安堵感がこみ上げてきて、ホッと息をはいた。

「とても、いい香り……」

「幸せの香りですよね」

「ええ、本当に」

カップを両手で包み込む。冷え切っていた指先が、じんわりと温まった。

一口、ホットチョコレートを含む。チョコレートは温かく、トロリとまろやか。濃厚な味わいが、口の中に広がる。体を温め、ぽかぽかにしてくれた。

自然と、口元に弧を描いてしまう。チョコレートはいつだって、幸せの味がするのだ。

しばし言葉もなく、ホットチョコレートを堪能する。

半分ほど楽しんだあと、カップをソーサーに置いて目の前の老紳士を見た。同じタイミングで、ギルバートは麗子に視線を向ける。

「突然お声をかけてしまい、申し訳ありませんでした」

「いいえ、あなたは、『ララ・オランジェット』の常連様、でしたし」

こうして会うのは、今日が初めてである。

ギルバートは『ララ・オランジェット』の中でも有名な常連客だった。英国紳士のような外見で、いったい何者なのかと噂になっていたのだ。

加えて、新作を出すたびに数万円単位でチョコレートを購入し、気に入れば追加で注文してくれる。それは決まって、麗子の作ったチョコレートばかりだったのだ。

ギルバートは麗子のチョコレートのファンである。トマは勝手にそんなことを言って、決めつけていた。

「それで、本日はお願いがありまして――」

ギルバートは柔らかく穏やかな口調で麗子に言った。

「実は、私がお仕えしている若様が、河野さんに会いたいと熱望しているのです」

「若様、ですか？」

「ええ。もう、二十年以上もお仕えしているのですが、こういう任務は初めてでして、酷く緊張しました」

ギルバートは執事ではなく、誰かの秘書のようだ。しかしなぜ、麗子に会いたいと強く望んでいるのか。

「実は、若様はあなたのチョコレートの大ファンで、一度、お話をしてみたいとおっしゃっているのです」

「そ、そう、ですか」

麗子のチョコレートのファンはギルバートではなく、ギルバートが仕える若様のほうだったようだ。

今まで接触することはなかったが、オーナーのジュリアンから麗子が退職したことを聞きつけて、居ても立ってもいられなくなったと説明してくれた。

「若様はそれはもう、河野さんのチョコレートが大好きでして、世界一だとおっしゃっておりました」

「光栄です」

話を聞いているうちに、麗子の心の傷は癒されていく。就職活動で人格だけでなく、麗子のすべてが否定されたような気がした。そんな中で、麗子のチョコレートを好きだと言ってくれる人が現れたのだ。

「しかし、私はショップにはほとんど出たことはありませんが、いったい私をどこで知ったのですか？」

「ルミのチョコレートファンブログはご存じでしょうか？」

「いえ、初めて聞きました。もしかして、そのサイトで私が紹介されていたのですか？」

「あ……えっと、そう、ですね」

妙に歯切れの悪い返事だったが、麗子は指摘せずにそのまま流す。

「その、若様が会いたがっていると突然申しあげて、驚かれたとは思うのですが――」

驚いた。けれど、嬉しくもあった。チョコレートを買ってくれたギルバートの主人は、麗子のチョコレートを好んでくれたのだ。

「若様は怪しい者ではないのです」

ギルバートは祈るように、胸の前で手を組み麗子に乞う。

「どうか、一度だけでいいのです。お会いしていただければと――」

直接会いたい。その申し出は嬉しかったが、すぐに「喜んで」と返せない。綻《ほころ》んでいた麗子の口元は、きゅっときつく閉ざされてしまった。

「やはり、難しいでしょうか？」

知らない人と会うのは、正直怖い。何度も面接の不採用通知を受け、自分に自信がなくなっていた。

せっかくチョコレートを好きになってくれたのに、実際に麗子に会って嫌われてしまったらそれこそショックだ。

このままチョコレートだけを好きでいてくれたほうが、幸せだろう。

ありがたい申し出だったが、麗子は首を横に振った。

「申し訳ないのですが……」

「いえいえ。こちらこそ、勝手なお願いをしてしまい、大変失礼いたしました」

最後に、ギルバートは自身の名刺を置いていく。「もしも気が向いたら、連絡してください」と言い残して。

英国紳士は上品に会釈をすると、優雅な足取りで店を出ていった。

一人残った麗子は、自己嫌悪に陥る。どうして、自分はこうなのだと自分を責めながら。

テーブルの上のショコラ・ショーはすっかり冷めてしまっていた。

◇◇◇

それから二社、面接を受けたがやはり結果は同じ不採用だった。ますます、自分に自信がなくなり、麗子はさらに深く落ち込んでしまう。

何か気分転換をしなければ。そう思った麗子は、街に繰り出すことにした。

電車に乗り、街へ出ると、すっかりクリスマスムードとなっていた。

百貨店のショーウインドウには、キャラメル色のマフラーに、ノルディック柄のセーターを着こんだマネキンが、きれいにラッピングされた大きなプレゼントを抱えている。隣にはクリスマスツリーも飾られていた。見ているだけで、ワクワクするようなクリスマスが表現されている。

クリスマスをチョコレートで表すとしたら、自分はどうするのか。

麗子はいつもこうして、百貨店の季節のディスプレイを見ながら、新作のチョコレートのアイデアを練っていたのだ。

今日は、すぐにクリスマス用のチョコレートが脳裏に浮かぶ。

薄くパリパリに仕上げた星形の飴を同じく星形にしたブラックチョコレートに重ね、間にはウイスキーを利かせたキャラメルをたっぷり挟む。

クリスマスイコール星だなんて、ショコラティエのトマにつまらないアイデアだと笑われるだろうか。味はともかくとして、いつもデザインが安直、ダサいとダメ出しされていた。麗子は分かりやすい意匠が好みだったのだ。

何度も話し合いを重ね、洗練された形で新作は完成する。新製品は、一人で完成できるものではなかった。試食をしてもらい、さまざまな人の助言を受けて、どんどんよくなっていった。

ここでふと、気づく。面接で聞かれた、前職での協調性や同僚との印象的な話は、いくらでもあった。麗子は人生に影響を及ぼすような壮大なエピソードでないといけないと、勝手に思い込んでいたのだ。

いつも、一人で働いていると思い込んでいたが、そんなわけではない。

見習いが調理道具を綺麗にしてくれているから、すぐにチョコレート作りができた。販売員のおかげで、麗子のチョコレートは客へ届けられる。雇ってくれたオーナージュリアンのおかげで、ショコラティエールとして働けた。

それを、面接で言えばいいだけのことだったのだ。脱力して、深い溜め息を吐《つ》く。

人と関わることは、必ずしもプラスになるとは限らないが、決してマイナスにはならない。振り返ってみたら、過去にあった嫌なことも、今の麗子を作る大事なピースとなっている。

臆病で、自分を出すのが苦手で、人付き合いに関して不器用だけど、そんな自分を奮い立たせて頑張るしかない。

再就職は難しい――けれど、自分の中にあるキラキラのピースを集めて、言葉にして言えばいいだけなのだ。

唯一、揺るがないことは、チョコレート作りが好きだということ。

そのことに気づいた麗子は、今まで、『ララ・オランジェット』で自分が作ったチョコレートを買ってくれた客全員に、感謝の気持ちを伝えたい気持ちでいっぱいだった。

今までにないほど前向きな気持ちになり、次の面接はきっと上手く喋れるような気がした。

ただ、新しい一歩を踏み出す前に、心残りが一つだけあった。

財布の中から取り出したのは、ギルバートの名刺。彼の『若様』が、麗子と話をしたいと希望しているという。

正直、知らない人と会うのは怖い。けれど、彼は麗子のチョコレートを気に入り、何度も注文してくれた。

たくさん注文が入ったという知らせは、ショコラティエールとしての自信にも繋がっていたのだ。一度会って、きちんと礼を言ったほうがいいだろう。

帰宅後――麗子は勇気を出してギルバートへ電話をかけてみる。

ギルバートと会ってから、一ヵ月も経っていた。もしかしたら、相手は忙しくて会えないかもしれない。もう会いたいという気持ちがなくなっている可能性もある。それでもいいと思い、呼び出し音が鳴るのを聞いていた。

『お待たせいたしました。ギルバート・テイラーでございます』

ギルバートは落ち着いた声で、電話に出る。緊張でドキドキと高鳴る胸を押さえつつ、なるべくゆっくり話しかける。

「あの、以前、連絡先を教えていただきました、河野、と申します」

『ああ、「ララ・オランジェット」に勤めていらした、ショコラティエールの河野さんですね』

「はい」

なんと言えばいいのか迷ったが、率直にギルバートの主人に会いたいと伝えた。

『ありがとうございます。若様も、お喜びになるかと』

「は、はあ」

『本当に、ありがとうございます。まさか、こうしてご連絡をいただけるなんて……！』

電話の向こうのギルバートの声は震えていた。以前、若様が麗子の大ファンだったと言っていたのは、大袈裟なことではなかったようだ。

都合のいい日を伝え、後日折り返し連絡をもらうことになった。都合のいい日といっても、麗子は無職なのでいつでもよかったが、相手方はそうはいかないだろう。

翌日、ギルバートから連絡があり、三日後に銀座にある料亭で会うことになった。

そこは一見さんお断りの、要人や政治家が会食で使うことで有名な店だ。名前を聞いた途端、麗子の手は震えた。いったい、いくら持って行けばいいのか、どんな服装で行けばいいのか。まったく分からない。

以前父親が、仕事の接待で料亭に行ったという話を思い出す。とりあえず電話をして、どのような心構えで挑めばいいのか聞いてから出かけることにした。

◇◇◇

三日後――麗子は再就職用に購入したスーツを着て出かける。

何か、手土産でも持って行ったほうがいいのか。迷った結果、麗子は手作りのチョコレートを持参することにした。

ベリーなどのフリーズドライの果物やナッツ類をビターなチョコレートで固め、上から薄くホワイトチョコレートを塗る。仕上げにベリー系のドライフルーツをちりばめ、最後に正方形にカットすれば『パレットショコラ』の完成だ。丁寧にラッピングをして、紙袋に入れた。

待ち合わせの料亭に近づくにつれ、麗子は気分も足も重くなるような気がした。秘書が付いているような人がなぜ、自分のチョコレートを気に入ってくれたのか。分からない。

実際に麗子と会ったら、がっかりしないか、嫌われやしないか。それだけが心配だった。いまだに、ジュリアンから言われた「ロボットと同じ」という言葉を引きずっていたのだ。

とうとう、料亭に辿り着いてしまった。時間は早すぎず、遅すぎず、ぴったりだ。重たい足を引きずるようにして、一歩を踏み出す。

そこは、未知の世界だった。建物は風情ある日本古来の平屋建てで、美しく整えられた庭も素晴らしい。門から玄関に続く寄り付き道に落ちている落ち葉さえ、計算されて置かれているような洗練された空間だった。

旅館でもないのに大勢の仲居に出迎えられ、なんだか落ち着かない気分になる。ここは明らかに、年若い麗子が一人でやってくるような場所ではなかった。

ギルバートの名前を告げると、すぐに奥にある部屋へと案内された。

麗子の父は「とりあえず、十万円くらい持っていたら大丈夫じゃないか？」などと言っていた。一食で十万円とか、恐ろしすぎる。なんて場所に呼び出してくれたのか。麗子は戦々恐々としながら女将に案内されて長い廊下を歩いた。

ギルバートはここを馴染みの店だと言っていた。きっと、ファミリーレストランに夕食を食べに行くような感覚で誘ってくれたに違いない。

彼の主人とは何者なのか。人物像が、まったく見えない。

若様といっても、おそらく麗子の父親と同じくらいかそれ以上の年頃だろう。職業は実業家か政治家か。

いろいろと考えていたら、チョコレートを持つ手が震えた。

女将が襖の前に座り「お客様がお見えになりました」と声をかけると、中から聞き覚えのある声で「どうぞ」と返事があった。女将が座ったまま静かに襖を開き、どうぞと視線で促す。すでに帰りたくなっていたが、腹を括った。麗子は軽く会釈をして、中へと入る。

襖のすぐ傍に、ギルバートが正座で待ち構えていた。

「河野さん、ようこそおいでくださいました」

「本日は、その、お招きいただき――」

「そんなに、畏《かしこ》まることないって。ね！」

明るい声が聞こえ、視線をそちらへ移す。

「こちらが、私のご主人、若様です」

そうギルバードに紹介されて麗子は目を丸くする。

そこにはこの場所にそぐわない人物が座っていた。

「よく、来てくれたね。僕は、胡桃沢理人《くるみざわりひと》。ずっと、君に会いたかったんだ」

「ど、どうも」

ギルバートの若様こと胡桃沢理人と名乗る男性は、想像以上に若かった。

二十代半ばくらいだろうか。綺麗に整えられた黒い髪に、華のある顔立ち、お召《め》しの着物に袴《はかま》を合わせた姿は、なんと言えばいいのか。若い容貌と相まって、七五三の子どものような雰囲気がある。それも、無邪気な笑顔がそう見せているのだろう。

ゆったりとした喋りや彼自身のまとう雰囲気には、育ちのよさがにじみ出ていた。

「あの、はじめまして。河野麗子、です」

「麗子ちゃんね。どうぞ、座って」

「はあ」

いきなりの「麗子ちゃん」呼ばわりにぎょっとしたものの、物申すような雰囲気ではなかったので促されるがまま座布団に正座する。

真新しい畳の匂いと今まで感じたことのない静謐《せいひつ》な空気が漂う部屋の中、落ち着かない気分になる。

このまま会食に移るのか。礼儀作法を間違わないか、胸がバクバクと高鳴る。

改めて大変な場に来てしまったと、途方に暮れる。慣れない場所なので、どういう振舞いが正解なのかこれっぽっちも分からないのだ。

まったく落ち着かない中、じっと見つめられていることに気づいた。

「あ、あの、何か？」

「本物の麗子ちゃんだと思って！」

「あ……はあ」

理人はキラキラした目を麗子に向けていた。それはまるで、大好きなおもちゃを前にした五歳児のよう。そう思ってしまうほど、穢《けが》れのない瞳だった。

そこで、ギルバートが理人に何か耳打ちした。理人はハッと何かを思い出したように、懐に手を差し込み、名刺を取り出した。

「ごめんね。僕は怪しい者ではなく、こういう者です」

麗子は返す名刺がないので、代わりに両手でうやうやしく受け取った。

名刺に書かれてあったのは——「茶人《ちゃじん》　胡桃沢理人」。

茶人という言葉に、思わず眉間に皺が寄ってしまう。チョコレート業界に長く身を置いていた麗子にとって、未知なる存在だったからだ。

「茶人、ですか」

「茶道家って言ったほうが分かりやすいかな？」

「ああ、茶道の」

理人は茶道家らしい。どこぞの家元の息子だという。ファミリーレストランのように気軽な感じで高級料亭を使う理由も、ギルバートから「若様」と呼ばれる理由も納得できた。しかしなぜ、茶道家がチョコレートを好んで食べていたのか。麗子は首を傾げる。

「いきなり呼びつけて、ごめんね」

麗子は「そうですね」と返しそうになり、喉まで出かかっていた言葉をゴクンと飲み込んだ。

「ギルバートが説明したと思うけれど、僕は君が作るチョコレートの大ファンで」

チョコレートと聞いて思い出す。手土産に作って来ていたのだ。こんな凄い場所で渡すには気が引けたが、麗子は遠慮がちに袋を差し出した。

「あの、こちら、お口に合えばいいのですが」

「ん？　僕に？　ありがとう」

理人は袋を受け取ると、中をくんくんとかぎ、「チョコレートだ！」と叫んだ。

「すみません、私の手作りなのですが、お店のチョコレートのほうが、よかっ――」

「え、すっごく嬉しい！　中、見てもいい？」

「ええ、どうぞ」

紙袋からチョコレートの入った箱を取り出し、リボンを解く。蓋を開いた瞬間、理人の目は本日最大に見開き輝いていた。

「うわっ……綺麗！」

正方形にカットされたチョコレートに赤や紫のベリーが散らされていて、見た目はアイシャドウのパレットのよう。家にある材料だけで作ったが、味はそこそこいいはずだ。麗子もお気に入りのチョコレートである。

「食べてもいい？」

「どうぞ」

理人はチョコレートを手に取ると、天井にある照明にかざしてじっくり眺める。先ほどまで輝いていた目は、とろんと潤んでいるように見えた。思う存分眺めたあと、今度は匂いをかいでいた。

艶然《えんぜん》とした笑みを浮かべながら、チョコレートの香りをじっくり堪能している。

先ほどの小さな男の子のような雰囲気はなくなり、いきなり大人の男性の色気を漂わせる。なんだかいけないものを見ているような気がしてきたが、どうしてか目を逸らすことができない。

そして――ついに理人はチョコレートを口に含む。パキリ、とチョコレートが割れる心地よい音がした。丁寧に噛みしめ、最後は唇に付いたチョコレートをペロリと舐める。

「最高だ！」

そう言ったあと、手にした残りのチョコレートも食べきる。

「ビターチョコレートがドライフルーツの酸味と合わさると、また違った味わいになる。

ナッツのサクサク感が加わると、さらに別の味わいが楽しめる。薄く塗ったホワイトチョコレートも、いいアクセントになっているね。一つのチョコレートで、何通りもの味が楽しめる素晴らしい逸品だ！」

まるで人が変わったかのように、艶っぽい雰囲気で麗子のチョコレートを絶賛する。魔法にかかったかのような変わりようだ。その変貌に麗子は驚きつつも、このようにチョコレートを目の前で手放しに絶賛されたことがないので恥ずかしくなった。

口の中からチョコレートがなくなると、理人の魔法は解ける。大人の男性の色気のある笑みから、小学生男子の無邪気な笑顔に戻っていった。

「あー、すっごく美味しかった。残りは帰ってから、大事に食べよう。麗子ちゃん、本当にありがとうございました」

「いえ」

ここまで喜んでもらえるとは、思いもしなかった。勇気を出して手渡してよかったと思う。

「僕からも、お近づきの印に――ギルバート」

「はい」

理人に声をかけられたギルバートは風呂敷に包まれたものを持ってきて、理人へと手渡す。理人は受け取ったそれを、麗子へと差し出した。

「和菓子なんだけれど、とっても美味しいから」

「お心遣いありがとうございます」

受け取った包みは、ずっしりと重い。鉛の塊《かたまり》でも詰まっているのではないかと思った。いったい何が入っているのか。帰ってからのお楽しみだ。

「さて、そろそろ本題へと移らなくては」

理人はギルバートにチョコレートを渡すと、居住まいを正す。

ピンと背を伸ばし、正座をする様子は美しい。一朝一夕でできるものではない。さすが、茶人だと麗子は思う。

「麗子ちゃん、美味しいチョコレートをありがとうございました。やっぱり、君のチョコレートは世界で一番僕の好みだ」

「ど、どうも……」

口説き文句のような言葉だが、理人の物言いはハキハキと元気のよい小学生男子の如く。もしも、チョコレートを食べている時の艶っぽい理人だったら、照れて言葉を失っていたに違いない。

あの変貌は、チョコレートがかける特別な魔法なのか。

「今まで、『ララ・オランジェット』で、素晴らしいチョコレートを買わせてくれて、ありがとう」

「こちらこそ、ありがとうございました」

唯一麗子が誇れるものは、自分が作ったチョコレートなのだ。それを、素晴らしいと言ってもらえるのは、心から嬉しいことである。

「どこが好きかってね、小さなチョコレート一粒の中に、チョコレートが大好きっていう幸せな気持ちが込められているような気がしてね。そうでしょう？」

麗子はハッとなる。

たしかに、チョコレートを作っている時は世界一幸せだった。

ジュリアンから「誰とも関わらずに、ただチョコレートを作るだけのショコラティエールなんて、ロボットと同じなんだからね」と言われたが、そうではなかった。

麗子のチョコレートには、きちんと気持ちがこもっている。ロボットが作ったチョコレートとは違う。

瞼がじわじわと熱くなり、涙が溢れそうになった。けれど、初対面の男性の前で泣くわけにはいかない。しっかり前を見て、礼を言った。

「チョコレートを評価していただけたことを、とても嬉しく思います」

「うんうん。あ、評価といえば、『ララ・オランジェット』のオーナーから聞いたんだけれど、麗子ちゃんって無冠のショコラティエールなんだね」

「それは……はい」

「なんか意外かも。年に一回出していたスミレフレーバーとか、野菜とかの変わりダネチョコレートって、審査員受けしそうだったんだけど」

「あ、あれは、コンテスト用にアイデア出ししたのを、商品化したものです」

「あれ？　だったら、コンテストに応募していたの？」

「いえ……」

今こうして振り返ってみたら、コンテストに応募しなかったのは思い上がりだったのかもしれない。

トマやジュリアンが「入賞確実！」と評価し周囲の期待が高まる中、仲間達の顰蹙《ひんしゅく》を買わないようにと応募を断念した。

しかし今思えばコンテストに応募してもしなくても、自分だけ褒められた時点で周囲から反感を買っていたのだ。気にするだけ、無駄なことだろう。

「人目を気にして、応募することができなかったのです」

いくらトマ達が絶賛してくれたからといって、麗子が入賞する保証はどこにもなかった。まして、麗子が応募しなかったからといって、仲間が入賞すると決まったわけではない。

今さらながら、愚かな思考に陥っていたのだと気づく。

「子どもの頃からの悪い癖で、物事を悪いほうに、悪いほうにと受け止めてしまうところがあって……人間関係をうまく築けないんです」

人付き合いがうまくいかなくなると一応我慢はするものの、耐えきれなくなったら逃げてしまう。よくないことだと分かりつつも、人間関係の改善を試みようとは一度も思わなかった。

「何事もいい方向に捉えることができたら、いいのですが」

「うーん、でも、人間関係って、無理して築くものじゃないと思うよ」

「けれど、人付き合いから逃げた結果が、今の私だと思っています」

面接には落ちまくり、相談できる人もおらず、頼れる仲間もいない。

「麗子ちゃんはきっと、職人気質《かたぎ》なだけなんだよ。現代日本特有の和気あいあい、みんなで一致団結、仲よしこよし、頑張ろうってノリは合わないのかもね」

「……」

日本のノリと聞いて、留学先のフランスで修行したショコラトリーを思い出す。たしかに、雰囲気から仲間との関係性まで、日本とは捉え方が違ったような気がした。

向こうでは、他人のいいところは評価して、悪いところは気にしない。ライバル意識はなく、お互いが尊敬し合っていた。休憩時間なども一緒に過ごすことはなく、自分だけの時間を各々大事にしていた。

そんな環境だったので、麗子はますますショコラティエールになりたいと思ったのだ。

ただ、例外もある。ジュリアンがいい例だろう。彼はフランス人だが、人との関わり合いを重要視していた。チョコレートは一人で作るものではない。みんなで作るものだと思っていたのだろう。だから、彼は誰とも深く関わろうとしない麗子をロボットと同じだと言った。

同じ日本でも、留学先の店のように個々を重要視したショコラトリーがあるかもしれない。

そういう店に巡り会えるまで根気強く、探すしかないのだろう。

「麗子ちゃん、ダメだよ」

「え？」

「徒然草にね、こんな言葉があるんだ」

物思いに耽っていた麗子に、理人は諭すように語りかける。

「――第一の事を案じ定めて、その外は思ひ捨てて、一事を励むべし。……一番したいことを心に決めて、あとのことは気にするなって言葉なんだけど」

さまざまなことに気を取られていると、一番大事なことを疎かにしてしまう。その結果、一芸に優れた者にはなれずに終わってしまう。そんな意味が込められているらしい。

「君はね、人付き合いなんか気にしないで、ただチョコレート作りだけをする環境に身を置くべきなんだよ」

「それは、そう、かもしれません」

しかし、そんな都合のいい職場が、すぐに見つかるものではない。ただでさえ、ショコラティエールは働ける場所が少ないのだ。今は我慢して、再就職をすべきなのだ。

「それでね、一つ提案なんだけれど」

理人は麗子をじっと見る。口元に弧を描き、目元は細められた。チョコレートを食べる時に見せた、艶やかな笑みである。

「僕の店で、働かない？」

「え？」

「君は、チョコレートを作るだけでいいんだ」

いったいどういうことなのか。突然の誘いに、頭の中が真っ白になる。

ここで、ギルバートが動く。麗子の前に、Ａ４サイズの写真が数枚置かれた。

そこに写っていのは純和風の一戸建てのお店のようだった。

「つい先日、知り合いの居抜き物件を譲ってもらってね。古臭く見えるけれど、築二年の新しい店なんだ。わざと、年季が入った日本家屋っぽいデザインにしてもらったんだって」

「は、はあ」

なんでも理人の知り合いが和菓子屋をオープンさせたものの、一年半で経営難となり閉店を余儀なくされた。その店舗を、理人は買い取ったらしい。

「その知り合い、和菓子修業をほんのちょっとだけしたあと無謀にも独立して、店を建てて……問題だったのは和菓子の味か、それとも接客か。お客さんはまったく増えなくて。あっという間に資金繰りがうまくいかなくなって、借金を抱えて。まあ、そうなるよねって結果に終わったんだけれど」

その人物は趣味が茶道だったようで、店の敷地内にある離れには茶室もある。その点を気に入り、理人は買い取ったようだ。

「この、和菓子屋の内装をそのまま使って、チョコレートを売るのですか？」

「そのつもり。浅草だから、店の外観も街に溶け込んでいるし」

「あ、浅草、なんですね」

「そう！」

浅草駅からのんびり歩いて十分ほどの場所にあるらしい。

「浅草寺《せんそうじ》の裏にある、奥浅草って場所なんだけれど、そこの近くにある商店街にお店があるんだ」

雇い入れるショコラティエールは麗子ただ一人。店でチョコレートを売るのは、ギルバートの仕事だという。

「しかし、職人が私一人で、採算が取れるのか――」

「そこでの収益のメインは、茶室のほうだから心配しなくてもいいよ」

「どういうこと、ですか？」

「今度、弟子を増やすから、店の茶室でお稽古をするんだよ」

忙しい社会人向けに、夜の茶事なども考えているらしい。チョコレート専門店の営業は、そのついでだと。

つまり、お金持ちの道楽の店に、誘われたということだろうか。

ギルバートが雇用条件の書かれた紙を麗子の前にそっと置く。勤務時間は朝の八時から十七時まで。休日は月曜日と木曜日の週二回。年に二回のボーナス有。

給料は『ララ・オランジェット』よりわずかに少ないが、それでも破格の待遇である。

「一応、知り合いのバーや喫茶店、レストランと契約するつもりだから、売れ残ったチョコレートはすべてその店に卸す予定でもあるんだよ。まあ、僕が全部買い取ってもいいいんだけれど」

ギルバートから「それはダメですよ」と窘《たしな》められたので、別の案を考えたようだ。

「ざっと説明してみたけれど、どうかな？　何か聞きたいことはある？」

麗子はもっとも気になっていたことを、質問してみた。

「お店のコンセプト、というものはあるのでしょうか？」

「コンセプトは、麗子ちゃんが作ったチョコレートを売るお店、かな」

「和のチョコレートを売るのではないのですね」

「そうだね」

場所は浅草で店の外観は純和風。加えて、理人は茶道家だ。てっきり和のチョコレートを販売する店だと思ったが、そうではないようだ。

「外観や内装だって、ショコラトリーっぽいのがよかったら、リフォームするから」

「いえ、そこまでしていただかなくても……」

麗子の作るチョコレートだけを売る店。それはまさに夢のような環境だ。

しかし、話を聞いているうちに、眉間に皺が寄ってしまう。そんなうまい話があってもいいのかと、心の中で警鐘音がカンカンと鳴っていた。

ギルバートはきちんとした紳士に見える。理人も、人を騙すような悪い人物には見えない。

だが、初対面で信用できるかと言えば難しい。道楽で始めた店の失敗談は、先ほど理人自身から聞いたばかりだ。同じ危険が、彼の店にもあるということになる。

今日、ここで返事をするのはよくないだろう。

「あの、大変ありがたいお誘いですが、一度、家に持ち帰ってから決めてもいいでしょうか？」

「もちろん！　ゆっくり考えて。店も、掃除したり、お祓《はら》いしたりして、もうちょっと準備に時間がかかるから」

「お、お祓い、ですか？」

「念のためにね。たった二年で閉店とか不吉だし、何か憑いているかもしれないから」

「は、はあ」

突拍子もない話に顔が引きつるのを感じつつも、なんとなく浅草の街だったら妖怪の一匹や二匹いるかもしれないと思ってしまう。浅草の街はそんな逸話が似合う、歴史ある日本文化が色濃く残る下町なのだ。

そんな場所で、チョコレートの店は、果たして成功するのか。職人が麗子一人だというのも、不安な点でもある。

とにかく、今日すぐに決められることではない。じっくり、考えなければ。

「もう一つ、質問があるのですが――」

「うん？」

「実技試験はするのでしょうか？」

「いや、麗子ちゃんが高い技術を持っているのは知ってるから実技試験はしないけれど、僕の出すテーマでチョコレートを作ってもらうよ」

それは、実技試験ではない。ビジネスにおいての相性を見るために、必要なことだと言う。

「たとえば、僕があるテーマを振ったとする。それに、麗子ちゃんはどれだけ対応できるか。それを見たいんだ」

お互いのイメージをすり合わせ、納得できる商品を作り出す。それは、簡単なようで難しい。

相性が悪かったら、仕事にならない。そういう場合は、最初から一緒に仕事をしないほうが無難だ。

でも面接で散々不採用通知をもらった麗子にとっては、チョコレート作りの感性で判断してもらえるのはありがたかった。

「それは、大事ですね」

「でしょう？」

その前に、麗子はどうするのか考えなければ。

「さて、難しい話はここまでにして、ごはんを食べよう！」

理人がパンパンと手を叩くと、襖が開かれて料理が運ばれてくる。まるで時代劇の、悪い御代官様のようだと思った。

もしや先ほどもらった手土産の中身は、一段目が和菓子で、二段目は金の小判が隠されているのではないか。そんなことを思ってしまうような、現実離れした世界である。

「ここの料理、すっごく美味しいから！」

理人の言う通り、懐石料理はすごく美味しかった。加えて、茶人である彼の話は面白く、楽しい時間でもあった。

夢のような時間はあっという間に過ぎて行く。

「麗子ちゃん。じゃあ、また」

食事を終え、自分の食べた分を払うという麗子の申し出を、「誘ったのは僕だから」と、理人はきっぱり断った。そのまま見送りに来た理人に手を差し出され、麗子は戸惑いながらもその手を握り返す。勝手に「麗子ちゃん」と呼んでいるが、親戚の男の子と接しているような気分なのであまり気にならない。不思議な青年だ。

彼と話しているうちに、憑き物が落ちたような気がする。麗子は気持ちを新たに、明日という日を迎えることができそうだった。


ちなみに、手土産の中身は牡丹餅《ぼたもち》だった。一個が拳大で、ずっしりしている。大粒の小豆を砂糖控えめに炊いた餡と、ほどよい食感を残した餅米のバランスが絶妙だ。絶品の牡丹餅だった。

もちろん、牡丹餅が入っていた容器に二段目はない。小判は隠されていなかった。

あの時、どうしてそんなことを思ったのか。

それだけ理人に招かれたあの時間は、非現実的なひとときだったのだ。

帰宅後、風呂を沸かし、じっくり体を温める。風呂から上がったあとは、理人のために作ったパレットチョコレートの残りを食べる。

理人の言っていた通り、たしかに美味しい。ドライフルーツとナッツの量のバランスがほどよく、いくらでも食べられそうだ。自画自賛ではあるが。

ここでふと思う。茶人、胡桃沢理人は本当に存在するのかと。

名前をネットで調べたら、出てくるだろうか。

検索をしようとスマホを手にしたら、電話の着信音が鳴る。表示されている名は、オーナー。『ララ・オランジェット』のジュリアンである。びっくりして危うくスマホを落としそうになったが、なんとか堪えて通話ボタンを押した。

「も、もしもし？」

『レイコ？　今、大丈夫？』

「ええ、まあ」

『曖昧な返事ね』

「大丈夫です」

『よかった。退職してからけっこう経ったでしょう？　どうなったかなって思って』

「そうですね……」

『再就職は決まったの？』

「いいえ、まだ、です」

『ほら、みなさい』

ジュリアンは挨拶もそこそこに、思いがけない話を始めた。

『レイコが一ヵ月半も引き継ぎでいてくれたから、業務上の問題はほとんどなかったわ。まあ、いなくなったすぐあとは、みんなテンパっていたみたいだけれど』

だが問題は、別のところにあったらしい。

『常連のレイコファンのおじさまやおばさまが、レイコがいないって悲しんで』

「フ、ファン、ですか？」

『あら、気づいていなかったの？』

店舗と厨房の間は透明のガラスで仕切られていて、店内からチョコレートを作っている様子を見ることができるようになっている。

『あんたがチョコレートを真剣に作っている様子が震えるほど素敵って、毎日見に来る人もいたのよ』

麗子はチョコレート作りに集中していたので、見られているとは夢にも思っていなかった。

自分はあくまでもチョコレートを作る舞台裏の存在で、客は遠い存在だとも。でも、麗子が気づかないだけで客はいつも傍にいたのだ。胸がきゅんと締め付けられる。

『そのファンが、レイコの作ったチョコレートを買いに来ていたのよね。いなくなったって聞いたら、その場で泣いてしまった人もいたみたいで』

「そ、そうだったんですね」

まさか、理人以外にも麗子のチョコレートを好きだと言ってくれる人がいたとは。知っていたら、店に出て礼の一つでも言いたかった。

『一番ガッカリしていたのは、上得意である胡桃沢様ね』

「胡桃沢様……」

『本人は来たことがないんだけれど、いつもチョコレートを引き取りにくる英国人の秘書が素敵な渋ジジイなのよ』

「渋ジジイ……」

本日、その胡桃沢様と渋ジジイと会ってきた。高級料亭という浮き世離れした場所で。

『あ、渋ジジイにあんたの連絡先、教えてもいい？　なんか、胡桃沢様が話をしたいって言っていたらしくて』

「いえ、もうそれは必要ないはずです。今日、胡桃沢様に、会ってきたので」

『ええっ⁉　どういうことなの？』

「私も、何が何やら、という状況なのですが……」

どうすればいいのか分からず悩んでいたので、ジュリアンに事情を説明してみることにした。

「――というわけで」

『何を迷っているの？　今すぐ、お願いしますって電話なさい！』

「え？」

『胡桃沢家っていったら、喉から手が出るほど関係を作りたいって人が大勢いるような茶道の名門一家なのよ？　あなた、日本人なのに知らなかったの？』

「お恥ずかしながら」

『はあー……なんてことなの。胡桃沢家の御曹司の誘いを、保留にする女がいるなんて』

身分も素性もはっきりしていて、怪しい者ではない。だから安心して話を受けるようにと、ジュリアンは勧めてくれた。

『胡桃沢家が経営する浅草のお店とか、ワタシが働きたいくらいよ！』

「でも、なんか、話が上手すぎて」

『いいの！　胡桃沢様は、あんたが作ったチョコレートを評価して、誘ってくださったのだから！』

返事は「ハイ」か「イエス」、もしくは「ウィ」しかない。ジュリアンはそう念押しして、電話を切った。

どうやら、理人の店で働くか働かないかは、悩むまでもないようだ。

しかし、その前に麗子は自分でも胡桃沢理人について調べてみることにした。

改めてスマホで名前を検索してみる。すぐにいくつもの検索結果がヒットした。理人は一年前に、公共放送の趣味の番組の茶道の回に出演していたようだ。他のサイトにはプロフィールもあり、茶道の一派の名門宗家、胡桃沢家の三男として生まれ、現在は茶道家として活動しながら父親や兄を支えていると書かれている。

やはり、英国紳士の秘書を連れて歩くような男は只者ではなかったのだ。

さらに麗子は理人の年齢を見て驚く。年は二十三歳から二十五歳くらいだろうと思っていたが、なんと三十歳、麗子よりも年上だった。それなのに、あの小学生男子のような無邪気な雰囲気はなんだったのか。

生まれた時から何不自由なくなんでも揃っていて、綺麗なものだけを見て育ったらあのように天真爛漫な人間になるのか。まったくもって謎だ。

とりあえず、今日は理人に連絡せずに、少しだけ日を置いてじっくり考えることにした。

◇◇◇

翌日は朝からチョコレートケーキを作る。腕が鈍らないように、なるべく毎日自宅でチョコレートに触れるようにしているのだ。

麗子の自宅があるのは、練馬区にある築二十年のマンション。駅から徒歩十分で、銀座までは乗り換えすることなく三十分ほどで行ける。浅草へは乗り換えは一回、電車に揺られる時間は四十分程度。以前よりも通勤時間は長くなるが、そこまで気にすることでもない。

１ＬＤＫの部屋で、六畳間に十二畳用の大きなエアコンがあった。

なぜ、十二畳のエアコンがあるのか。それはチョコレート作りをする際に、部屋から台所へ冷気を送る必要があるからだ。

たとえば、チョコレートにつやを出し口溶けをなめらかにするテンパリングをする際、エアコンを最低温度に設定して作業する。室温が高くても低くても、テンパリングは失敗してしまう。チョコレート作りは繊細な作業なのだ。

ただ、いくらこだわっても、家庭用の設備では業務用の設備で作るようにいかない時もある。その辺は、麗子の悩みでもあった。

それでも、チョコレートに情熱を傾ける麗子は、自宅でのチョコレート作りでも可能なかぎり妥協しなかった。

冷房を入れ、エプロンをかけたあと腕まくりをする。

本日作るのは、あのウィーン最後の皇后エリザベートの大好物だった『ザッハートルテ』。「ザッハー」はレシピを考案した料理人の名で、「トルテ」はケーキという意味だ。

あのどっしりとしていて超絶あま～いザッハートルテは、疲れた時のご褒美だと思い、食べる日がある。

今日はジュリアンやトマにお世話になった礼として渡すために、麗子は気合いを入れて作ることにした。『ララ・オランジェット』では、バレンタインの限定商品として売り出していたが、日本人向けにアレンジしたもので、本場のものとは異なる。今日は、本格的なウィーン風のザッハートルテを作る予定だ。

まずは、ウィーン風に言うとザッハーマッセ――日本風に言うとチョコレートのスポンジケーキを作る。もちろん、生地にはココアではなく、コイン状の製菓チョコレートを湯煎で溶かして入れる。この、溶けたチョコレートの甘ったるい匂いが堪らない。麗子の顔に自然と笑みがこぼれる、幸せな時間だ。勤務中にニコニコしていたら怒られてしまうので、自宅で作る時のみこの幸せを堪能できるのだ。トロトロになったらしばらく冷ましておく。

続いて、ボウルにたっぷりのバターと砂糖を入れて、ホイッパーで乳白色になるまで攪拌する。そこに、先ほど溶かしたチョコレートを混ぜるのだ。

卵は黄身と白身を分け、白身はフワフワのメレンゲ状にする。黄身は、チョコレートとバターのほうへ落とし、混ぜ合わせた。

メレンゲをチョコレート生地と合わせ、薄力粉を入れてムラなくヘラでかき混ぜる。

最後に、バターをたっぷり塗った型に生地を流し込み、オーブンでじっくり焼く。

ザッハートルテの中身は、アプリコットジャムと決まっている。

アプリコットジャムの使い方は、二種類あって、一つ目は生地の間に挟む方法。二つ目は生地の表面にたっぷり塗る方法。

この、アプリコットジャムの使い方には、深い因縁のようなものがある。

その昔、ある政治家が会食で出すデザートを作るように宮廷料理人に命じた。当時、チーフコックが病気で休んでいたため、急遽《きゅうきょ》十六歳のザッハーがデザートを作ることになったのだ。そこで生まれたのが、ザッハートルテ。

他にも諸説があるが、麗子が好きなエピソードは、あまりの美味しさに各国の政治家に絶賛されるザッハートルテの話である。

宮廷料理人を辞めたあと、ザッハーはウィーンにデリカテッセンをオープンし、そこでザッハートルテを売り出したところ、瞬く間に人気となった。

その後、ザッハートルテのレシピは親から子へと、大事に受け継がれる。

ザッハートルテで築いた財で、二代目が『ホテル・ザッハー』を開業させた。経営は順調だと思われたが、三代目になると財政難へと陥る。が、その対策は驚くべきものだった。

王室御用達の菓子店『デメル』の娘と『ホテル・ザッハー』の息子が婚姻関係を結び、資金援助を頼むというもの。

代わりに、門外不出であったザッハートルテのレシピと販売権を譲渡してしまったのだ。

二つの菓子店の蜜月は、ザッハーとデメルの夫婦が生きている間だけだった。二人が他界したあと、ザッハーとデメルが互いにザッハートルテの商標を巡り訴訟問題に発展した。その裁判は、七年も続いたという。

結局、双方の主張が認められる形となり、ホテル・ザッハーのザッハートルテを「オリジナルのザッハートルテ」と呼び、デメルのザッハートルテを「デメルのザッハートルテ」と呼ぶことで落ち着いたらしい。

あま～いケーキのまったく甘くない、世界的にも有名な裏事情だ。

そんな二つのザッハートルテの違いが、アプリコットジャムの使い方にある。ホテル・ザッハーのザッハートルテは、スポンジの間にアプリコットジャムが挟まれている。ケーキの上に、丸いチョコレートが飾られているのが目印だ。

一方、デメルのザッハートルテは、スポンジの上からアプリコットジャムが塗られている。こちらの目印はケーキの上に飾られた、三角形のチョコレートだ。

麗子は綺麗に焼きあがったスポンジを、側面をまっ平らにするためにパン切り用の長いナイフで削ぎ落とした。

その後、スポンジは半分に輪切りにし、間にアプリコットジャムを薄く延ばしながら塗る。サンドにしたスポンジの表面には、砂糖と水を追加して煮詰めたアプリコットジャムを塗った。これで、ホテル・ザッハーとデメルのザッハートルテの要素を取り入れた、仲直りザッハートルテとなる。

スポンジの表面に塗るチョコレートは、ただのチョコレートではない。グラニュー糖と水飴と水を煮詰めて作るフォンダンにカカオマス、チョコレート、水を混ぜて作る特別製だ。この上掛けチョコレートを、『グラズール』と呼んでいる。

湯煎でとろ〜りと溶けたグラズールを、スポンジに被せパレットナイフで均等に塗っていく。綺麗にグラズールを塗ったら、麗子流のザッハートルテの完成だ。

チョコレートが固まったのを確認したあと、ラッピングする。

気が付けば、太陽は沈みかけ窓から夕陽が差し込んでいた。急がなければ。

今日、ジュリアンは『ララ・オランジェット』本店にいると言っていた。上手にできたので、トマと二人で仲よく食べてほしい。

家を出る前にジュリアンの携帯に電話をしたが、留守電だった。トマも同じく。また、二人で喧嘩をしているのではないかと、不安になる。

自宅から徒歩で駅まで向かい、電車で『ララ・オランジェット』本店のある銀座に向かった。

平日だというのに今日も銀座の街は人で賑わい、十二月なだけあって皆忙しなく足早に歩いている。

どこからか、定番のクリスマスソングが聞こえてきていた。ライトアップされた街並みは幻想的だが、クリスマスに特に予定もない麗子はいまいち気分が盛り上がらない。

麗子はザッハートルテの入った袋を胸に抱え、人にぶつからないように歩いていく。

正面から閉店間際の『ララ・オランジェット』に入ると、気まずそうな笑顔で迎える販売員と目が合った。

やはり、好かれていなかったのだなと悲しい気持ちになるが、悔やんでもどうにもならないことなので仕方がない。麗子は笑顔でオーナーはいるかと問いかけた。

「オーナーなら、そこに」

販売員が示したのは、厨房が見える窓。そこで、ジュリアンとトマが公開大喧嘩をしていた。

どうやら、麗子が来たから気まずそうな表情を浮かべたわけではなかったようだ。

「この、ブス！」

「男はブスって言わないんだよ、この不細工！」

「なんですってえ！」

麗子は慌てて厨房のほうへと回り込み、二人の間に割って入った。

「あの、喧嘩は止めてください！」

麗子の登場は想像もしていなかったのだろう。ジュリアンとトマはまんまるの目で、麗子を見ている。

「ちょっと、なんであんた、ここにいるの？」

「今までお世話になったお礼に、ザッハートルテを作りまして。辞めて二ヵ月も経っているので、今さらですが」

「いいえ、そんなことないわ。嬉しい」

「レイコのザッハートルテ、絶品なんだよなあ」

二人共笑顔で、ザッハートルテの入った箱を開く。どうやら、喧嘩を仲裁することに成功したようだ。と、思ったのも束の間のこと。このザッハートルテが、新たな喧嘩の火種となる。

「ところでレイコ、このザッハートルテはザッハー風？　デメル風？」

「もちろん、デメル風だよなあ？　オーストリア最後の皇后、エリザベートはデメルのザッハートルテが大好物だったんだぜ」

「あら！　デメルのザッハートルテなんて邪道。ザッハートルテはホテル・ザッハーが元祖なのよ？」

「はあ？　デメルのほうが、美味いだろうが。ホテル・ザッハーのほうはアプリコットジャムが主張し過ぎなんだよ」

「あら、デメルのほうは、アプリコットジャムなんかぜんぜん感じないわ。ないのと同じよ」

「なんだと⁉」

ザッハートルテのせいで、二人はまたもや喧嘩を始めた。再び麗子は間に割って入って、言い合いを止める。

「あの、このザッハートルテは、ザッハー風でも、デメル風でもありません。アプリコットジャムは、生地の中にサンドして、表面にも塗っています」

「あら、そうなの？」

「アプリコットジャムが、主張しすぎなんじゃないか？」

「まあ、食べてみてください」

麗子は勝手知ったる厨房で、皿とフォーク、ナイフを取り出す。ザッハートルテにナイフを入れて、綺麗に切り分けた。休憩室に運び、テーブルの上に置く。

「飲み物はどうされますか？」

「紅茶しかないわ」

「コーヒーだろう」

紅茶はアールグレイ、コーヒーは苦みの強い深煎りの物を選んで淹れた。麗子は緑茶にする。以前、持ってきていたパック入りの物が、誰も飲んでいなかったのか残っていたのだ。

飲み物を持って休憩室に戻ると、二人の大柄なフランス人は腕組み状態で椅子に座っていた。揃ってザッハートルテを、睨みつけている。まだ、どんなものか分からないので、物申すことはできないようだ。

「では、いただきましょうか」

「ええ」

「そうだな」

二人はフォークを手にすると、同じタイミングで、ザッハートルテをパクリと口にした。

「あー……これよ。この、チョコレートのザクザク感！　最高！　本当に美味しいわ！」

「本物のグラズールが塗られたザッハートルテを食べたの、久しぶりだ。やっぱ美味いな」

日本で売っているザッハートルテは、チョコレートが塗られただけの物もある。

フォンダン入りのチョコレートが日本人には馴染みがないので、そのようにしているのだろう。ジュリアンとトマは、ジャリジャリの歯ごたえがあるチョコレートのコーティングを、大いに喜んでいた。

「生地はしっとりしていて、アプリコットジャムの甘酸っぱさがチョコレートの味を引き立てているわ」

「中と外側にアプリコットジャムがあるのに、ぜんぜんしつこくないな。それどころかアプリコットジャムの酸味がいいアクセントになっていて、ぜんぜん重たくない」

麗子も食べてみる。最初に外側のチョコレートの歯ごたえを感じた後、口の中でふんわりとアプリコットジャムの風味が淡く広がる。次にしっとりした生地の食感を楽しんでいると、チョコレートの香りが鼻腔を抜けていく。挟まれたアプリコットジャムが、全体の味を引き締める。どれかが欠けていたら、物足りなくなる。ケーキに必要な要素が、たった一切れの中に凝縮されていた。

「なんだか、ザッハー風とか、デメル風とか、気にしていたのが馬鹿みたい」

「本当だな。どっちも、美味いケーキであることに変わりはない」

小さなことを気にしていたら、物事の本質を見失ってしまう。

これも、先日理人が言っていた徒然草の「第一の事を案じ定めて、その外は思ひ捨てて、一事を励むべし」という言葉に繋がるのかもしれない。

「ワタシ達ってダメね。いつも、小さなことばかり気にして」

「そうだな」

「でも、なんでも意見を言い合えることは、いいことだと思います。我慢していたら、心が弱ってしまいますし」

大事なことは、考えを伝えたあとは、お互いを尊重し、お互いが納得のいく一つの答えを導きだすことだろう。難しいことだが、長い付き合いをするならばそうするに越したことはない。

「そうね。これからは、もっとトマの意見も参考にするわ」

「俺も、自分の意見を押し付けずに、ジュリアンの話も聞くことにする」

ジュリアンとトマはにっこり微笑み合う。どうやら、仲直りできたようだ。

「レイコ、でもなんで、ザッハートルテを作ったの？」

チョコレートが主張しているこのケーキを、クリスマスシーズンに作るショコラティエールはあまり多くない。ジュリアンは疑問に思ったようだ。

「なんとなく作ったのではないのよね？」

「はい。実は、一年前のクリスマスシーズンに、大変な失敗をしてしまって」

「あら。なんだったかしら？」

「覚えてねえ」

「一応、報告もしましたが――」

麗子は二人に、改めて一年前の失敗談を語って聞かせる。

十二月はクリスマスケーキの予約を受け付けていたので、一年の中でバレンタインの次に忙しい。ケーキは冷凍され、地方発送も行っていた。

そんな中、麗子はとんでもない失敗をした。それは、十二月二十三日のこと。

クリスマスケーキの予約の中に、一件だけ誕生日ケーキがあったのだ。

目まぐるしい忙しさの中、麗子は誕生日のケーキにクリスマスのデコレーションをしてしまった。店頭で客に確認してもらうまで誰も間違いに気づかず、すっかり客を怒らせてしまったのだ。

慌てて誕生日のデコレーションをしたものの、待たせてしまったため約束の時間に間に合わないと客は怒り心頭だった。

年に一度しかない誕生日を台無しにしてしまった。麗子は深く落ち込んだ。そんな麗子を、トマが観劇に誘ってくれたのだ。

「連れて行ってくださったのは、エリザベートでした」

二十年前から上演されている舞台『エリザベート』。大人気の演目で、チケットが取りにくいことでも有名だ。麗子を元気づけるため、トマがチケットを用意してくれたのだ。

「上演前に聞いた、オーストリアのお菓子の話が印象的で。特に、ザッハートルテの話が興味深かったんです」

奇しくも、その翌日、終業後にジュリアンが「本格派のザッハートルテを食べられるお店があるの！」と言って誘ってくれたのだ。

「その時食べたザッハートルテが本当に美味しくって、悩みも吹っ飛ぶようでした」

改めて、チョコレートの力は偉大だと思った。

後日、麗子は作り方を調べ、ザッハートルテを作った。それを、ジュリアンとトマに食べてもらって、「美味しい」と言ってもらえたことも、嬉しかったのだ。

「――というわけで、ザッハートルテは思い出深いケーキなのです」

「そうだったわね」

「あったな、そんなことが」

二人ともしみじみと、思い出に浸ってしまう。

「私にとってザッハートルテは感謝の塊のようなケーキですから、最後に、美味しいと言ってもらえて嬉しいです」

「やだ、最後とか。そうだ、これを作って、お店で売ればいいじゃない。ワタシ、買いに行くわ」

日本人相手に、浅草で本格的なザッハートルテが売れるのだろうか。だからといって上掛けチョコレートを普通のチョコレートにしたら、もはやそれはザッハートルテではない。

「本格的なザッハートルテ、売れるでしょうか？」

「浅草だったら外国人観光客もいるし、売れるんじゃない？」

「は？　なんだお前、就職先が決まったのか？」

「あ、いえ、まだ、正式には……」

ジュリアンはトマに昨日の話をしていないようだ。こう見えて、口は堅いのだ。

「ちょっと、レイコ！　まだ、返事をしていなかったの？」

「す、すみません」

「返事って、どういうことなんだ？」

麗子はしどろもどろになりながら、胡桃沢の店でショコラティエールとして働かないかと誘われた話をする。

「お前、なんでその場で返事しなかったんだよ！　馬鹿なのか？」

「そのツッコミ、ワタシもしたわ」

「す、すみません」

ジュリアンは麗子の鞄を勝手に探り、スマホを取り出す。

「はい！　ここで、電話なさい。不束者《ふつつかもの》ですが、どうぞよろしくお願いいたします。って言うの。なるべくしおらしい声でね」

「え、今、ですか？」

「今だ。今すぐしろ！」

麗子はじっとスマホの画面を見つめたまま、フリーズしてしまう。

急かされて答えを今、出していいのか。麗子は頭を抱え込む。

「ちょっと！　今になってまだ悩んでいるの？」

「信じらんねえ！」

視線を逸らした先で、ある物を発見した。

「あれは……」

麗子が働いていた時にはなかった機材が厨房の奥に並んでいた。カカオ豆を焙煎《ロースト》するものに、細かく刻むもの、カカオの粒子を細かくするものなど。中古ではなく、新品を購入したのだろう。鏡のようにピカピカの機材である。

「もしかして、『ビーントゥバー』を始めるのですか？」

「ええ、そうよ」

ビーントゥバー、それはカカオ豆の選別から焙煎など、チョコレートが完成するまでのすべての加工をショコラティエが一から手掛けることを意味する。

市販の製菓用チョコレートとは違い、添加物や香料は入っていない。ショコラティエのこだわりが詰まったチョコレートが完成することも、特徴の一つだろう。

海外ではずいぶんと前に広まったが、日本に技術が伝わったのはほんの最近だ。

麗子はずっとジュリアンに、「ビーントゥバーに挑戦したい」と訴えていたのだ。

「機材の費用とか考えて尻込みしていたんだけれど、レイコがいなくなって、今のままではいけないって思ったのよ」

人気店のオーナーであるジュリアンでさえ、新しいことに挑戦しようとしている。麗子も、このままではいけない。勇気を出して、一歩踏み出さなければならないのだ。

「それで、レイコ、あなたはどうするの？」

「私は――」

「おいレイコ。今ウチの店に再就職したら、ビーントゥバーのチョコレート作り放題で、もれなく副店長の役職をプレゼントするぜ」

「あら、素敵。いい条件よねえ」

身長百八十を軽く超えた二人のフランス人ににじり寄られ、麗子は顔面蒼白状態で後ずさる。

「どうするの？　『ララ・オランジェット』に再就職副店長出世コースか、胡桃沢様のお店でチヤホヤお姫様ショコラティエールになるのか」

「いいなあ、レイコ。お前はいろいろ選べて」

「ひいい……！」

一歩、二歩と後退していたが、すぐに壁にぶつかってしまった。もう、逃げられない。

「ねえ、レイコ。どうするの？」

「そ、それは……」

「もう、心は決まっているんだろうが」

「え？」

トマに指摘され、麗子は真顔になる。続けて、ジュリアンにも指摘された。

「え、じゃないわよ。あなたさっき、浅草のお店でザッハートルテが売れるのか、真剣に考えていたでしょう？」

「──あ」

「もう、何をしたいのか、分かっているじゃないか」

「そう、でした、ね」

言われて、麗子は気づく。浅草で働く未来のビジョンがすでにでき上がっていることに。

ジュリアンとトマに、今の気持ちをしっかりと伝えた。

「あの、私、浅草のお店で、チョコレートを作りたい、です」

「そう」

「残念だな」

ジュリアンとトマは、麗子が『ララ・オランジェット』で働きたいと望んだら、すぐさま受け入れるつもりだったらしい。

「そんな……私、ぜんぜん、皆と上手くやれていなかったのに」

「そうだったけれど、今年はあなたが抜けて、大変なのよ」

「このままレイコ抜きでバレンタインシーズンを迎えるとか、ゾッとするな」

「本当に」

二人が麗子を見る眼差しは、酷く優しい。ずっと、ジュリアンとトマは麗子を見守ってくれていたのだろう。

「今まで、ありがとうございました」

ジュリアンはそっと、麗子を抱きしめてくれた。清潔な布の香りと、チョコレートの匂いが鼻をかすめる。力強い腕は母とは違うけれど、それでも母性ある抱擁のように思えた。

トマは麗子の肩を力強く叩いてくれた。これから頑張れと、言っている気がして思わず涙ぐんでしまう。

「本当に、感謝しています」

「なんだか、永遠の別れみたいになっているけれど、また遊びに来なさい」

「浅草の店も、冷やかしに行くからな」

「はい！」

もう一度、深々と礼をして帰ろうとしたが——ジュリアンに肩をぐっと摑まれる。

「あの、まだ何か？」

「まだ何か、じゃないわよ」

「そうだそうだ」

「はい？」

同時に、麗子のスマホを指差して叫んだ。

「胡桃沢様に電話！」

「ここで？」

「ここで！」

トマは休憩室の扉の前へ回り込み、腕組みして立っている。ジュリアンは麗子のスマホの電話帳を開いてくれた。

どうやら本当に、理人へ電話しないとここから帰してくれないようだ。

麗子は蛇に睨まれた蛙の気分を味わう。額には、汗がじんわりと浮かんでいた。

もう、逃げることはできない。ここで、腹を括ることにした。

「分かりました。電話をします」

「いい子ね。ワタシ達はお口チャックしておくから」

「ありがとうございます……」

こうなったら仕方がない。どうせ、一人で考えても、うだうだ悩んで答えを先延ばしにするだけだろう。

勇気を出して、理人に電話をした。

プルル、プルルルルルと、呼び出し音が鳴る。早く出てくれ。そんな願いが通じたのか、電話口から声が聞こえた。

『はい、もしもし』

「胡桃沢さんの電話でしょうか？」

『はい、そうですよ。麗子ちゃんですね？』

「はい、河野です。今、お時間大丈夫ですか？」

『うん、大丈夫。あ、もしかして、どうするのか、決めてくれたの？』

「はい」

向こうから話を振ってくれるなんて、ありがたい。その勢いに乗って、麗子は決意を口にする。

「私、胡桃沢さんのお店で、働きたいと、思いまして」

『え、本当に？　嬉しい！』

「私のほうこそ、お声をかけていただき、嬉しく思います」

『うん』

「詳しいお話は、また後日、ということで」

『そうだね。ギルバートがまた連絡するから』

「お待ちしています」

『それじゃあ』

「はい」

向こうの電話が切れたことを確認すると、ホッと安堵の息をはく。

逃げないようにとジュリアンに摑まれていた手が、ようやく離された。

「はあ、よかったわ。レイコは優柔不断だから、いつまでも悩んでいそうだったのよね」

「こいつ絶対、一人だったら先延ばしにしていたぞ」

「……」

ジュリアンとトマは、麗子のことを本人以上に分かっているようだった。

「おめでとう、レイコ」

「おめでとう」

「ありがとうございます。おかげさまで、再就職が決まりました」

深々と頭を下げ、感謝の気持ちを伝える。

「精一杯、頑張りなさい」

「かといって、根は詰めるなよ」

「はい！」

こうして、麗子は何もかも吹っ切れた状態で、『ララ・オランジェット』から巣立つ。

これから先、どんなことが待ち構えているのか。
憂鬱は綺麗さっぱりなくなり、ワクワクとした気持ちで新しい一歩を踏み出す。
麗子の未来は、希望で溢れていた。

blog

ルミのチョコレートファンブログ

『ララ・オランジェットのザッハートルテ』

評価：★★★★

こんにちは！　ルミだよ。

ここ最近、寒くて嫌になっちゃう。そんな時は暖かいお部屋でチョコレートを食べるのが一番。

今日紹介するのは、『ララ・オランジェット』のバレンタイン限定のチョコレートケーキ、ザッハートルテ。

ツヤのあるチョコレートが塗られたケーキの上に濃厚な生クリームが絞ってあって、その上に木苺のマカロンが添えてある可愛い見た目の逸品。

ザッハートルテといったら、どっしりみっちりとしたチョコレートのケーキにさらに重たいチョコレートがこれでもかと塗ってあって、チョコレートの暴力というか半分食べただけで飽きちゃうものが多いんだけれど、『ララ・オランジェット』オリジナルのザッハートルテは飽きずにペロリと完食してしまうんだ。

ふわふわのチョコレート生地は三層になっていて、中は甘酸っぱいフランボワーズのジャムが挟んであり、後味はぜんぜん甘ったるくない。

表面はなめらかなチョコレートと、パリパリのチョコレートが二層になっているんだよ。

濃厚なチョコレートと、ふわっとしたケーキの生地の相性は抜群。いくらでも食べることができちゃう。

ザッハートルテはどっしりみっちりとしたケーキとアプリコットジャムが王道！　なんて意見もあるんだけれど、好みのザッハートルテを自由に食べたらいいんじゃないの？　って感じ。

私も、超王道のウィーン風ザッハートルテが食べたい日もあるし。

今回紹介した『ララ・オランジェット』のザッハートルテは、バレンタイン限定という特別感も相まって、毎年楽しみにしているんだ。

一日限定三十個で、午前中にはほとんど売り切れてしまう人気商品みたい。

予約不可だから、開店と同時にゲットしたほうがいいかも。

渋谷駅から徒歩二十分の、三号店が狙い目？

売り切れていたら、ごめんね！


そんなわけで、コメント欄でオススメのザッハートルテを教えてくれると嬉しいな。

コメント（565）トラックバック（5）

第二章 課題のチョコレートは甘くない

後日、理人と打ち合わせをするために会うことになった。呼び出された場所はＳＮＳで話題になっているパンケーキ専門店。

予約ができない店のようで、店の前には行列ができている。並んでいるのは理人以外、すべて女性だ。パッと見たところ、高校生から大学生くらいの年齢層が多い。

その中で着物姿の理人と、スーツ姿の麗子は浮きまくっていた。チラチラと視線を感じて、正直に言ったら恥ずかしかった。

あの二人は何者？　と探るように見られ、一生懸命気づかない振りを貫く。

行列に三十分ほど並んだのちに、席に案内された。店内はパステルカラーの壁紙に、気の抜けるようなウサギやリスのキャラクターの可愛いイラストが描かれている。テーブルはパープル。椅子はオレンジ。周囲の女性達は可愛いと連呼していたが、麗子は落ち着かない内装に「可愛いか？」と一人首を傾げていた。そして、目の前にも、同意できないことを言う男がいた。

「このお店、すっごく可愛いよねえ」

「そうですか」

まったくそうは思わなかったが、肯定でも否定でもない曖昧な返事でその場を濁す。

「ここ、一回来てみたかったんだあー。なんか、こういうお店、男友達とか、ギルバートを誘うのは悪いでしょう？　麗子ちゃんのおかげで夢が叶っちゃった」

「それは、よかったですね」

相手がギルバートだったら、さらに目立っていただろう。彼を助けたと思うことにした。落ち着かない麗子とは違い、理人は頬を紅潮させてわくわくとメニュー表を眺めていた。だんだんと、小学生の甥を連れてきた叔母の気分になる。

「クリームブリュレパンケーキと、ベリー&ベリーパンケーキ。どっちにしようかなー。迷う」

「でしたら、私がクリームブリュレパンケーキを頼むので、シェアしましょう」

「え、いいの？　やった！」

天真爛漫で無邪気。三十歳男性にこの言葉を当てはめることになるとは、夢にも思っていなかった。世の中にはいろいろな人がいるなと、麗子は改めて実感する。

「あ、そうだ。これ、麗子ちゃんにお土産！」

差し出された紙袋には、『ユージ・キタサノ＝スイート・ファクトリー』というパティシエの名前を冠した店の名前が書かれている。

「これ、ビーントゥバーのチョコレートの中で一番美味しかったやつ。麗子ちゃんも気に入ってくれるといいな」

「あ……これ、気になっていたんです」

「このパティシエ、畑からカカオを作っているんだって」

「ええ、びっくりしました」

買いに行こうと思っていたが、その内にと思っているうちに一年も経っていたのだ。

ありがたく受け取る。

「麗子ちゃんもやっぱり、ビーントゥバーのチョコレート作ってみたい？」

「ええ、自分だけのチョコレート作りは、憧れます」

「そっか。機材、集めちゃおうかな」

「いやいや、早まらないでください」

ビーントゥバーについてはまだまだ勉強中である。実際に作ることは、今の麗子には不可能だ。

「麗子ちゃんなら、最高のチョコレートを作れそうなんだけど」

「私なんて、まだまだです。それよりも、気になっていることがあるのですが」

「ん、何？」

ビーントゥバーから話を逸らすために、麗子は理人についての最大の疑問をぶつけてみた。

「あの、胡桃沢さん。なぜ、チョコレートのお店を開こうと思ったのですか？」

「チョコレートが大好きだから」

単純明快な回答である。しかし、茶道家である理人とチョコレートはどのような接点があったのか気になってしまう。麗子は踏み込んだ質問をしてみることにした。

「そこまでチョコレートを好きになった理由を聞いても？」

「いいよ。この通り、僕は茶道家なんだけど――」

実家は純和風の日本家屋で、食事も和食のみ。パンと目玉焼き、ベーコンが朝食に出ることなど、今まで一度もなかったらしい。

洋風文化とは無縁の暮らしをしていたようだ。

「物心ついた時から、茶道のお稽古ばかりだったんだよね。父はすごく厳しくて、母はそんな父に逆らうこともなく従順で。年が離れた兄達は酷く生真面目。父のお弟子さんをはじめ、周囲にいる人達はみんな厳格。僕は子どもの頃から心休まる時間がなかったんだ」

学校の行き帰りは送迎があり、自由に行動することさえ許されない。

麗子が想像できないような世界の中で、理人は暮らしていたようだ。返す言葉が見つからず、ただただ話に頷くことしかできなかった。

「車の窓から外を眺めていると、まるで別世界を見ているかのようだったよ」

子ども達は公園で自由に遊び、大人達は優しい瞳でそれを見守っている。

一方、理人に遊ぶ時間なんてものは存在しない。家は茶道の稽古と勉強をする場所だった。

「そんな暮らしをしているうちに、僕は癇癪《かんしゃく》を起こすようになったんだ」

その当時、理人の世話係はころころと替わった。どんな人がやって来ても、理人が言うことを聞かなかったからだ。

「父や兄が点てたお茶をひっくり返したりして、今思えば恐ろしいようなことを、平気でしていたんだよね」

当時、理人は八歳。やんちゃ盛りという言葉では片付けられないほど、周囲は手を焼いていたそうだ。

「その時は、正座は辛いし、お抹茶は美味しくないし、とにかく、茶道が大嫌いだった」

もう、稽古はしたくない。大人達が無理強いをしようものならば、理人は暴れた。

困り果てた理人の父親は、最終兵器を持ち出した。それが、ギルバートだったらしい。

英国大使館の大使一家の通訳を務めていた彼が大使の帰国にあわせて退職すると聞いて、理人の世話役を依頼したのだという。

「なんでも、当時の大使一家の末っ子も僕と同じ年で、やんちゃ盛りだったらしい。それが、ギルバートが来てから品行方正になったって話を聞いた父が、連れてきてくれたんだ」

世話役となったギルバートは理人の心に寄り添い、どんな時も共に過ごしてくれたのだという。

「今までの人達と違って、ギルバートは僕のやりたいことを聞いてくれたんだ。お稽古をしたくない、他の子ども達と同じように遊びたいって言ったら、公園と駄菓子屋に連れて行ってくれた」

ぶらんこもシーソーも、滑り台でさえ、理人にとっては初めてだった。

「それから、初めて食べた駄菓子は……正直に言ったら、なんだこりゃって思ったかな」

そう言って理人は苦笑いした。菓子といったら和菓子ばかりだった中で、駄菓子は唐辛子をそのまま食べるような衝撃があったようだ。

「でも、今は大好きだよ。海外出張に行く時とか、駄菓子を非常食として持って行くし」

ギルバートが来てからしばらくは、学校帰りは公園で遊んで茶道の稽古は一切していなかったという。

しかし、理人はある日ある違和感に気づく。茶道をしない日々は、自分の中の何かが欠けた気がしてならなかったのだと。

「そわそわしていたら、ギルバートがお茶会をしないかと、誘ってくれてね」

ギルバートは理人の父親の弟子だったそうで、一通りの作法は知っていたのだ。

理人はギルバートと秘密の茶会と称し、少しずつ稽古を始めた。

「ギルバートったら、おかしいんだ。菓子皿に堂々と駄菓子を置いて出してきて――」

幼い理人が飽きないようなユーモアを、ギルバートはあらかじめ用意していた。

「そういうことを、一年くらいしていたかな。そこで、僕は気づいたんだ」

別に、茶道が嫌いなわけではない。嫌だったのは、自由もなく、頑張っても認めてくれないような環境だったのだと。

「ギルバートは、頑張ったら褒めてくれたんだよね。怒る時も、僕が分かりやすいように理由を説明してくれた。たぶんね、父も兄もよくやったって、褒められることがなくても努力できる人なんだと思う。だから、稽古に励むことは当たり前のことだったんだろうね」

　しかし、理人は違った。頑張ったら頑張った分だけ、認めてほしかったのだ。

「まあ、そのあとの僕は大いに反省して、父と兄達に謝った。それから、よくできたら褒めてほしいって、お願いもした」

　そこから、父親は理人の願いを叶え、褒めてくれるようになった。

「僕は単純だから、褒められると頑張っちゃうんだよね」

　周囲も理人は怒るより褒めたほうが伸びると気づき、態度が変わったようだ。

「そこからぐんぐん茶道家として成長して、十歳の時には初めてお茶会を成功させたんだ」

　その時、ギルバートは特別なご褒美を、理人の口に運んだ。

「甘くて、濃厚で、舌がとろけるような美味しいお菓子――チョコレート。びっくりするかもしれないけれど、その時初めてチョコレートを食べたんだ」

　なんて美味しいお菓子があるのかと、理人は心から驚いた。そこから、チョコレートの魅力に取りつかれてしまったらしい。

「お小遣いなんてなかったから、チョコレートの入手法はギルバートからご褒美でもらえる物だけで」

　いつの間にか、チョコレートのために理人は日々頑張るようになった。

「中学生くらいからお小遣いをもらえるようになって、使い道はほとんどチョコレートだったかな」

　しかし、チョコレートの食べすぎは禁物と、ギルバートに没収されることもあったという。

「大人になってからも、ギルバートのチョコレート規制は続いているんだ。特別な日を除いて、チョコレートは一日五粒まで、とか」

理人の食生活は、ギルバートがきっちり管理しているようだ。

「今日もパンケーキを食べるために、三日も我慢していたんだ。甘い物はたくさん食べちゃダメって、厳しいんだよ」

「そうだったのですね」

「うん。だから、今からパンケーキを食べるのが、震えるほど楽しみ」

にっこりと微笑む理人の笑顔が、今は違って見える。苦労なく育ってきたように見えて、実はそうではない。苦労の末に、茶人と名乗ることを許された努力の人なのだろう。

「ごめんね、たくさん喋っちゃって」

「いえ……」

そんな話をしていると、パンケーキが運ばれてきた。

分厚いパンケーキに、たっぷりと山のような生クリームが添えられている。一瞬見ただけでも、甘ったるいことが想像できた。

「わあ、美味しそう！」

理人は店員に許可をもらい、パンケーキの写真を撮っていた。麗子は写真に写らないよう、身を捩る。

「麗子ちゃんは、写真撮らなくてもいいの？」

「はい。別に、SNSとかしていませんし」

「珍しいね。SNSしていなくても、あとから写真を見たら楽しい気分になるよ」

そこまで言われたら、写真を撮らないわけにもいかない。麗子はスマートフォンを取り出し、一枚だけ撮影した。

「じゃあ、食べようか!」

「はい」

さっそく、麗子はクリームブリュレパンケーキを二つに分け、頼んでいた取り皿に載せる。

「ありがとう」

理人はぎこちない手つきでベリー&ベリーパンケーキを切り、同じように皿に載せていたが途中で倒してしまった。

なんでも器用にできそうだったが、不器用な一面もあるようだ。ケーキのカットは麗子のほうが慣れている。自分がやると言えばよかったのだ。

「ごめんね、こんなになっちゃって」

「いいえ、大丈夫です」

写真を撮って、見た目は十分楽しんだ。あとは、食べるばかり。

手と手を合わせ、パンケーキをいただくことにする。

ふわふわのパンケーキにナイフを入れ、一口大に切り分ける。メレンゲを使ったという生地は、驚くほどやわらかい。すぐに口の中でしゅわりと溶けてなくなった。

ちらりと、理人を見る。子どもがお子様ランチを食べるような無邪気な笑顔で、パンケーキを食べていた。この前、麗子が作ったチョコレートを食べていた時と同じ表情ではない。やはりあれは、チョコレートを食べた時にだけかかる魔法なのか。

「すっごく美味しいね」

「そうですね」

そう答えたものの、胸やけしそうなパンケーキをなんとか詰め込み、苦いコーヒーで流し込んだ。

ここは客の回転が速く、ゆっくりできる店ではない。食べ終わったら、次の店に移動する。

「よし、今度はあの店だ！」

二軒目は、おしゃれなカフェ。理人の行きつけらしく、「いつもの」なんて注文をしていた。

麗子はアイスティーを注文する。

ここでも、理人は目立っていた。ただ、一軒目とは違い、二軒目は理人の整った容貌に注目が集まっているようだった。気づいていないのは、本人ばかり。

麗子にも、探るような視線が集まっていた。さすがに、男性に間違われることはないと思いたい。

「いきなり、バタバタしてごめんね」

「いえ」

「パンケーキは、絶対麗子ちゃんと食べに行きたいって思っていてね」

麗子じゃなくても、理人が誘ったら誰だって喜んで行きそうだが……。ただ、この辺はプライベートなことなので、踏み込まないほうがいいだろう。

「そうそう。浅草のお店についてなんだけれど――」

開店は二ヵ月後のバレンタイン辺りを予定しているらしい。それまでに、店で出す商品を考えなければならない。

「一人で作るとしたら、何品くらいいけそう？　あ、一応、ギルバートは仕込みの手伝いはできるらしいよ」

「それは、助かります。調理助手がいるのでしたら、作れるのは――」

どんどん話を詰めていく。商品が残った場合は、夜間営業のバーや喫茶店、レストランに納品するので、各店舗の意見や要望もチョコレートに取り入れられる。

「と、本格的に考える前に、重要なことがあったね」

「チョコレートのお題、ですね」

「そう」

理人との仕事の相性を見るために、麗子は理人の出した課題でチョコレートを作らなければならない。

どんな課題が出されるのか、ドキドキしながら発表を待つ。

「どうしようかな。普通のチョコレートだったら、難なく作ってしまいそうだし」

「そんなことはないです」

「またまた、ご謙遜を」

ここで、麗子のアイスティーと理人の〝いつもの〟が運ばれてきた。

「アイスティーと抹茶ラテです」

理人の〝いつもの〟は、抹茶ラテだったようだ。

「あ、そうだ。お題は、これにしよう」

理人が指差したのは、抹茶ラテ。

「どういう、ことですか？」

「お抹茶に合うチョコレートを、作ってもらおうと思って」

「お抹茶、ですか」

「どう？」

正直、未知の領域だ。チョコレートに合う飲み物と言ったら、ウイスキーやコーヒーが一般的である。

和の要素と、チョコレートを結び付けるのは難しい。

「抹茶だって、ミルクと砂糖を合わせたらこんなに美味しくなるんだ。チョコレートだって、普段合わせないような要素を加えたら、抹茶のお供になれるかもしれない」

「そう、ですね」

難しいお題が出されることは覚悟していたが、抹茶と合うようなチョコレートを作れというお題は想定外だった。

ない。

「どれくらいで作れる？」

「二週間……いえ、十日、いただけますか？」

「わかった。楽しみにしているよ」

チョコレートと抹茶。いったいどうやって合うようにすればいいのか。まったく分からない。

その前に、重大な問題があった。麗子は今まで本格的な抹茶を飲んだことがなかった。

「あの、たしか……抹茶って二種類くらいありますよね？」

「薄茶《うすちゃ》と濃茶《こいちゃ》だね」

「すみません、お恥ずかしい話、私は茶道についてまったくの素人で……」

「あ、そっか。だったら、違いも分からないかな？」

「はい。軽くでいいので、教えていただけますか？」

「いいよ」

麗子は手帳を取り出し、ペンを右手に持って茶の説明を聞く姿勢を整えた。

「一番の違いは、お茶の量かな。濃茶は三杓《さんじゃく》入れるのに対して、薄茶は一杓《いっしゃく》半しか入れないんだよね」

「濃茶は言葉の通り、濃いお茶なのですね」

「そうだね」

「ちなみに今回のチョコレートは、どちらに合わせて作るのですか？」

「濃茶、かな」

「なるほど」

麗子の中にある微かな茶道の知識では、濃茶は渋く苦みが強い。だったら、それに合わせて甘さも調節が必要だろう。

しかし、濃茶の味を一度確かめてからでないと作れない。

「あの、胡桃沢さん。この辺で、本格的な濃茶を提供しているお店とか――ないですよね」

「あー、ないねえ」

「ですよね」

茶道の稽古に出るか、茶会に誘われないと濃茶にはありつけない。

茶道の茶は気軽に、その辺でコーヒーや紅茶を飲むのとはわけが違うのだ。

「明日、茶事があるといえばあるんだけれど……」

「すみません。お恥ずかしい話、作法などからっきしで」

「だよね」

「ちなみに、茶事《ちゃじ》とはどんなことをするのですか？」

「炭を点火したあと懐石料理を食べて、濃茶を飲んで、最後に薄茶かな」

「……」

脳内で頭を抱え、「無理！」と叫ぶ。何も知らない状態で、気軽に参加できるわけがない。

茶事は世話になった人を招き、食事と茶で客をもてなすそうだ。しかし麗子は今日、茶事という催しがあることを初めて知った。

庶民的な一般家庭で育った麗子にとって、茶道は未知の世界だった。

「えっと、茶事は茶会とは違うものなんですよね？」

「そうだね。茶会は大寄せともいって、たくさんのお客さんが集まって、月一くらいの頻度で開催されているよ」

茶会は茶事よりは気軽に参加できる。薄茶だけ、薄茶と濃茶両方、料理が出てくるちょっとした茶事のようなものなど、さまざまな種類があるそうだ。

「茶会はね、気軽に参加できるといっても細々とした作法があるし、興味本位で飛び込むと大変なことになるから」

「でしょうね」

ネットで濃茶について調べて、自分で作るしかないのか。そんなことを考えていたら、理人がある提案をしてくれた。

「今、近くのホテルに道具一式を置いているから、濃茶を練ってあげようか？」

「ね、練る、ですか？」

「そう。薄茶は点てる、濃茶は練るって言うんだよ」

その言葉の通り濃茶はドロリとしたもので、練って作ると表現するのにふさわしい茶らしい。

茶道についてのいろんな情報を習い、麗子の中にある茶道のイメージがどんどん具体的になっていく。

さらに、理人が直々《じきじき》に、濃茶を練ってくれると言うのだ。

「お忙しいのでは？」

「次の用事までまだ三時間以上あるから、問題ないよ」

礼儀や作法について何も知らないのに、わざわざ茶を点ててもらうなんて申し訳ない気持ちでいっぱいになる。しかし、濃茶の味を知らなければ、それに合ったチョコレートを作ることはできないのだ。

さっそく、ホテルまで移動することにした。電話をすると、すぐに黒塗りの高級車がやってくる。車から降りてきたギルバートが、うやうやしくドアを開いてくれた。

「河野さん、どうぞ」

「ありがとうございます」

東京の街を、黒塗りの高級車が走る。ここでも麗子は落ち着かない時間を過ごすこととなった。

到着したのは、外資系の高級ホテルだ。もちろん、麗子は足を踏み入れるのは初めてである。

毛皮のコートを纏ったマダムの集団がいたり、ロングコートを着こなす紳士がいたり、黒服の男に囲まれた若い女性がいたり。麗子の日常とは別世界だ。

そんなホテルの一室に、案内される。

「外資系のホテルに和室って、ちょっと意外だよね」

畳と木の匂いがする、紛うかたなき純和風の部屋だった。明日の茶事に備え、イメージトレーニングをするために、わざわざ借りたらしい。

「自分の家だと、慣れた場所だから気が緩んじゃうんだよね。だから、わざと慣れない場所に行って、集中力を高めるんだ」

「そうだったのですね。なんというか、お忙しい時にお邪魔してしまい」

「大丈夫！　ちょうど、濃茶を練ろうと思っていたから。いつも、相手はギルバートばっかりだし、たまには、綺麗な女性を相手にしたいなって思っていたんだ」

「はあ」

なんとも反応しにくいことを言ってくれる。まともに取り合わずに、適当に流しておいた。

話しているうちに、準備が始まった。

ギルバートは和室に敷物を広げ、茶器を用意する。

「麗子ちゃん、よかったら、これどうぞ」

「こちらは？」

「数寄屋袋《すきやぶくろ》だよ」

理人から手渡されたのは、手毬模様の数寄屋袋と呼ばれる茶道の持ち物入れだ。

もちろん麗子は初めて見るもので、使い方や用途などまったく分からない。

「中には、扇子《せんす》、懐紙《かいし》、ふくさ、出しぶくさ、楊枝《ようじ》が入っているんだ」

　茶事や茶会に招かれた際、客は数寄屋袋に必要な持ち物を入れて参加するようだ。

「扇子は茶席に座った時に膝の前に置いて、相手に礼を尽くすって意味があるんだ」

「なんか、テレビとか本で見たことあります。扇子一本でも、そういう意味があるのですね」

「大袈裟なことにね」

　懐紙は菓子を食べる際に皿代わりにしたり、茶碗拝見の際に下に敷いたりする。また、濃茶を飲む際には口を拭うことにも使うのだ。

　ふくさは茶器を扱う時に使う布である。二種類あり、重要なのは出しぶくさのほうだ。

「出しぶくさは濃茶を飲む時に使うんだよ」

　楊枝は菓子を食べる際に使う。木製や金属製など種類があるようだ。

　持ち物の説明を聞いているうちに、準備が整う。

　麗子は緊張しながら、理人に勧められた場所に正座した。

「じゃあ、抹茶を練るから、ちょっと待っていてね」

　理人はギルバートが用意した敷物に正座をする。その途端、顔つきが変わり、横顔がキリリとなる。スイッチが入り、別人になったような変貌ぶりだ。

　普段のニコニコとした人のよさそうな面影はなく、茶を練ることだけに集中しているのが伝わってくる。

　厳かな空気の中、理人は一つ一つの動きを丁寧にこなしていた。

茶を練る姿というのは、こんなにも美しいものなのか。

麗子は息をするのも忘れて、理人に見入ってしまう。本物を目の当たりにした気がした。理人が抹茶を練り、麗子に差し出すまでの時間は魔法のようだった。鮮やかな手つきで、あっという間に濃茶を完成させた。

まずは、茶菓子をいただくようだ。練り切りで淡雪を表現した和菓子である。麗子は先ほど理人に習ったことを思い出しながら楊枝を使って食べた。

品のある甘さで、重たさは感じない。続いて、濃茶を飲むようだ。

習ったとおり出しぶくさで茶碗を受け取る。見たこともないほど鮮やかな、抹茶の色合いだ。

「すみません。作法を存じ上げないので、このままいただきますね」

「どうぞ」

ドキドキしながら、濃茶を口に含む。初めての茶は、想像とまったく違っていた。

茶道の茶は、苦い、ダマがある、美味しくないというイメージだった。しかし、理人が練った濃茶の味わいは、とろみがあってなめらか。先ほどの練り切りの甘さが、濃茶の上品な渋みと混じり合い深いコクとなる。後味に、ほのかな甘みを感じた。春の風が新緑を揺らした時に香るような、すがすがしい爽やかさがあった。

「どう？」

「驚きました。先に食べた和菓子が、お抹茶の味わいを深めるのですね。それから濃茶って、甘いんだなと」

「うん、そうだね」

そんな言葉を返した理人は、笑みを絶やさないいつもの理人だった。

今まで、夢か幻を見ていたのか。そんな気分にすらなる。

――これが、茶人の作る『茶』。なんて優雅なものなのか。

今まで漠然としていた茶道のイメージが、がっちりと固まっていく。

濃茶にはどんな菓子が合うのか。だんだんと形になっていくような気がした。

「ありがとうございます。濃茶に合うチョコレートを、考えてみたいと思います」

「よろしくね」

ドキドキが、治まらない。

居ても立ってもいられなくなり、麗子はそのまま着想を固めに百貨店に向かうことにした。

◇◇◇

電車の中で、茶道について調べていた。

薄茶には干菓子《ひがし》を合わせ、濃茶には主菓子《おもがし》を合わせるらしい。

干菓子とは、落雁《らくがん》、和三盆《わさんぼん》、煎餅やあられ、金平糖《こんぺいとう》などの、水分が少なく乾いて日持ちする菓子の総称だ。

一方、主菓子というのは、練り切り、きんとん、水羊羹《ようかん》や大福、柏餅などの日持ちしない菓子の総称である。

茶道において、菓子は前菜に近い位置づけらしい。菓子の甘さを口の中に残しつつ、茶を飲むことがマナーのようだ。

つまり、菓子は主役ではないということだ。抹茶に合う、引き立て役になるようなチョコレートを作らなければならない。

百貨店の地下一階に、和菓子の専門店があった。麗子はとりあえず、並んでいた季節の和菓子六種類を購入する。他に、有名メーカーのチョコレートの新作を買う。

最後に、抹茶を買いに茶専門店に寄る。ふと目に付いた抹茶の値段が、一万を超えていた。最高級の宇治抹茶らしい。二千円とか、三千円の抹茶は薄茶用だという。濃茶の抹茶は、それなりに値段が張るようだ。どうせ、高い茶を買っても素人の麗子ではうまく練ることなんてできない。一番安い、四千円の抹茶を購入した。ついでに、茶筅《ちゃせん》も買っておく。

帰宅後、和菓子の試食をしてみた。どの菓子も品があり、強い主張はせず、茶の味を引き立てるような味わいだった。

大和撫子のような、奥ゆかしい菓子だ。これを、俺が主役だと言わんばかりのチョコレートでどう表現するのか。

練り切りのようにねっとりとした食感に近いのは、生チョコレートだ。先ほど買ってきたので、それと濃茶を合わせてみることにした。

まず、理人がしていたように濃茶を入れてみる。茶道で使うような立派な茶碗はないので、ご飯を食べる茶碗で練ってみた。

小さなティースプーンに四杯抹茶を入れ、湯を注ぐ。そこから、茶筅で練る。シャ、シャ、シャと、音を立てながら茶を練っていった。だが、何かが違うような気がしてならない。まず、茶の色が違う。それに、いつまで練っても理人が作ったような照りが出てこない。途中で諦め、一口味見してみた。

「ま、不味っ！」

初めて練った濃茶は、ダマができている上に酷く苦い。甘さも爽やかさも、まったく感じなかった。

水を飲んで口の中をリセットしたかったが、苦みは引かない。

きっと、美味しい濃茶は努力に努力を重ねた結果、点てられるようになる最高傑作なのだろう。素人が一朝一夕で作れるものではない。

二回目の口直しには、理人から貰ったビーントゥバーのチョコレートを食べることにした。カカオの強い風味と、ほのかな酸味を感じる。

これが、一人の職人がカカオから作ったチョコレートの味。新しくて、美味しいが、口の中にチョコレートの風味を強く残さない。

圧倒的なチョコレート作りの技術を前に、麗子は落ち込んでしまう。相手は世界的に有名なパティシエでもある。勝てるわけがない。と、気落ちしている場合ではなかった。今は、理人から出された課題に集中しなければ。

どうすれば、抹茶に合うチョコレートができるのか。

チョコレートが抹茶の味わいに勝ってはいけない。濃茶の味わいを引き立てるような、謙虚で大きく存在を主張しない菓子でなければならなかった。『ユージ・キタサノ＝スイート・ファクトリー』のチョコレートではなく、家にあった市販品のチョコレートを使って試してみる。

今度は先にチョコレートを食べたあと、濃茶を飲んでみた。

「……」

チョコレートの甘さが、濃茶の渋みを抑えてくれた。だが後味にもチョコレートが残り、抹茶の味は完全に殺されている。

これでは、抹茶の味わいが台無しになってしまう。どうやって、抹茶の風味が生かされるチョコレートを作ればいいのか。麗子は頭を抱え込んだ。抹茶の味を引き立てるということは至難の業のように思える。

だったらと、和菓子にチョコレートを加えた和風スイーツを作ってみた。

抹茶チョコレートに、チョコレート餅、チョコレート饅頭、チョコレート練り切り。和菓子作りは初挑戦ながら、なかなか美味しそうにできた。

濃茶を入れるのは諦め、サイトで薄茶の点て方を調べて点ててみる。一口飲んでみたが、濃茶よりかなりマシな仕上がりだった。これならば、抹茶とチョコレートの相性も分かるだろう。

水でゆすいで口の中をリセットし、チョコレート和菓子を食べてみる。

抹茶チョコレートは、ほどよい渋みとチョコレートの甘さの相性が抜群。美味しくできていた。飲み込んだあと、薄茶を飲む。後味は——やはり、チョコレートが強い。

残念なことに、他のチョコレート和菓子も同様だった。どうしても、チョコレートの風味が強く残る。和風チョコレートの案は没だ。

だったら、ドライオレンジにチョコレートを掛けた、オランジェットならばどうなのか。

すぐに作って試食してみた。

チョコレートの甘みのあと、オレンジの酸味が味全体を引き締める。そのあと、薄茶を飲んだ。

「……惜しい！」

思わず、唸ってしまう。今までのチョコレートの中で、一番チョコレートが主張をしていない。しかし、だからといって抹茶に合うとは限らないのだ。オレンジの酸味の問題か。抹茶の味わいがブレるような気がする。

だが、これでチョコレートをメインに使わないほうがいいことが分かった。オランジェットのように、メインの食材の味をチョコレートが深めるようなものの方が抹茶には合っているのだ。

それが分かっただけでも、大きな進歩だろう。

今日はなんだか疲れてしまったので、早めに眠ることにした。


二日目。麗子はスーパーにチョコレートに合わせる食材を選びに行く。ドライマンゴーに、ドライパイナップル、干しブドウを選んでみた。他に、カボチャやゴボウのチップスも買ってみる。こうなったら、手当たり次第作ってみるしかない。食材にチョコレートを絡めただけでは芸がない。しかし、今は凝ったものを考えている場合ではないのだ。まずは食材とチョコレートの相性を確認し、よければ薄茶を飲んで味わいを試してみる。

帰宅後、クーラーで部屋をキンキンに冷やしてから、チョコレート作りを行った。チョコレートの状態はすこぶるいい。あとは、食材との問題をクリアしなければ。

果物系とチョコレートは普通に合う。美味しい。しかし、薄茶と合わせると、不思議な味わいになることが多かった。ゴボウチップスは、チョコレートとの相性が微妙だ。薄茶と合わせるまでもない。

二日目も上手くいかない。がっくりと、麗子は項垂れる。

同時に、悪寒がしてくしゃみが出てしまった。十二月のクーラーは、かなり辛い。お風呂に入って、体を温めることにした。

三日目は再び百貨店にアイデア探しに出かけた。

一階の催事場では、お節《せち》料理の予約を受け付けていた。高級料亭が作るお節料理らしい。十万円の重箱にはいったい何が入っているのか。見本を覗き込む。

アワビに伊勢海老、キャビアにフォアグラなど、和から洋まで高級食材を使った料理がこれでもかと詰められていた。

正月は実家に帰るか否か。麗子の実家は、埼玉県にある。年末年始は親戚や兄、姉家族が集まり、姪や甥にお年玉を渡さないといけない。

ただでさえ、独身で肩身が狭いので、今年は帰省するのを止めようかとも考えた。

だがしかし、麗子も子どもの時は親戚からお年玉をもらい、いい思いをしてきた。可愛い姪や甥は、麗子に会うのを楽しみにしているとも聞いている。そこまで言われたら、帰省しないわけにもいかない。

まだお正月まで半月あるが、何か土産を買っておいたほうがいいだろう。

ちょうど八階の特別催事場で、鹿児島物産展を開催しているようだ。何か、珍しいものがあるかもしれない。

それにもしかしたら、チョコレートと抹茶に合う食材に遭遇する可能性もある。そんな軽い気持ちで、物産展を覗くことにした。

沖縄や北海道の物産展はよくあるが、鹿児島単体は珍しい。エスカレーターで八階まで上り、会場を目指す。

鹿児島といったら、黒豚が有名か。それと、桜島大根とか。

平日にもかかわらず、物産展は賑わっていた。人だかりができているのは、黒豚丼弁当の売り場だ。会場で黒豚を炙っているようで、食欲をそそる匂いが漂っている。

その隣では、鹿児島黒牛のカルビ弁当が販売されていた。これもまた、美味しそうだ。

他に、かき氷に練乳をかけ、果物を載せた『しろくま』や、ヤマイモとうるち米を混ぜて作った生地を蒸した『軽羹《かるかん》』など、甘味もいろいろあるようだ。

途中、通りがけに試食として手渡されたのは、黒砂糖の塊だった。土のような色合いで、見た目は正直美味しそうには見えない。

「どうぞ、召し上がってください」

「あの、これはそのまま食べるのですか？」

「ええ、そうなんですよ。お菓子代わりに、齧《かじ》るんです」

「な、なるほど」

砂糖の塊を齧ると言われ、麗子は若干の抵抗を覚える。しかし、ニコニコしている店員が目の前にいる手前、食べないわけにもいかない。勇気を出して、食べてみる。

「あ――美味しい」

食べてみるとサクサクとした食感と甘さに加え、ほんのりとした苦みがある。なんというか、キャラメルを口に含んだような香ばしさを感じた。後味も不思議で、甘ったるくない。砂糖を齧っているという感じではなく、一つの完成された菓子を食べているようだった。

「へえ、面白いですね。初めて食べました」

「私達にとっては身近なお菓子なんですが、他県の方からしたら砂糖を齧るってびっくりするみたいですね」

「まあ、そうですね。そのまま食べる以外に、どのようにして使うのですか？」

「黒砂糖饅頭にしたり、クッキーを作ったり、かりんとうを作ったり。若い人は、黒砂糖シロップを作ってポップコーンに絡めたら美味しいって言っていましたよ」

どうやら、さまざまな利用法があるようだ。その相性は、和洋中、どんな菓子にも合う。もしかしたら、チョコレートと合うかもしれない。さらに黒砂糖のわずかな苦みが、抹茶の風味を深める可能性を感じた。そこで麗子は黒砂糖の大袋を購入することにした。

家族には、鹿児島県産のみかん『タンカン』を購入した。おまけに、三つもらう。重たいので実家に送ろうかと思ったが、父親が勝手に開封して食べてしまうかもしれない。実家に行くならば、兄が車で迎えに来てくれるので、ひとまず麗子の家で受け取ることにした。

買い物はひとまずこれくらいか。

帰る前に、気になっていたしろくまを食べることにした。なぜ、練乳のかかったかき氷がしろくまなのか疑問だったが、店員が教えてくれた。

「この果物と干しぶどうで作った顔が、しろくまっぽいでしょう？」

たしかに、言われてみればしろくまに似ていた。

「あ、本当ですね！」

疑問が解決したところで、しろくまを食べる。

練乳たっぷりのかき氷は、ひんやりしていて氷は舌の上で淡雪のようにふわっと溶ける。甘ったるくなく、ほどよい甘さだ。果物の酸味が、練乳を違った味わいにしてくれる。さすが、名物と言われるだけある。美味しいかき氷だった。

その後、麗子は早足で帰宅した。黒砂糖を使ったチョコレートを、試したくてたまらなかったのだ。

昼食はベーコンとピーマンをたっぷり入れたナポリタンを作ってすませ、少し休憩したのちにチョコレート作りに取り掛かる。

黒砂糖入りのチョコレート。きっと、砂糖代わりに使っても、チョコレートの味が勝ってしまうだろう。

ならば、オランジェットみたいに黒砂糖にチョコレートを絡めたらいいのか。さっそく、試してみる。

黒砂糖に絡めるのは、カカオ分四十パーセントのミルクチョコレート。

まずはテンパリング——チョコレートを溶かす作業に取りかかる。製菓用のチョコレートを細かく刻んで、湯煎で溶かす。トロトロに溶けたチョコレートは、空気を含ませないようにヘラを使って混ぜる。再びチョコレートを湯煎にかけ、完全に溶かす。

ショコラティエールの修業時代は、チョコレートを溶かしたあと毎日テンパリングテストを行っていた。

溶かしたチョコレートを紙に延ばして放置する。固まったチョコレートが乾いて艶が出たら、テンパリングは成功。出なければ、テンパリングは失敗となる。今はもう、わざわざ調べなくてもテンパリングを失敗することはない。

黒砂糖は厚さが三センチほどあり、そのまま食べるのは厳しい。半分にスライスして、正方形に整える。一つ目は黒砂糖すべてにチョコレートを絡め、二つ目は半分絡める。

チョコレートは乾くと、表面はつやつやに輝いていた。

まずは、チョコレートを半分かけたものを食べてみる。チョコレートの甘さが口の中に広がり、続いて黒砂糖の風味を感じる。チョコレートは主張しすぎず、黒砂糖の味わいが最後に残った。

しかし、半掛け状態ではチョコレートの味が少々弱い。今度は全掛けのチョコレートを食べてみた。全掛けのほうが、黒砂糖とチョコレートのバランスがいいように思える。

最後は、抹茶との味わいを確認してみる。黒砂糖チョコレートを食べたあと、薄茶を飲んだ。

「惜しい！」

思わず、声をあげてしまった。黒砂糖チョコレートは抹茶に合うには合う。しかし、和菓子を食べ、濃茶を飲んだ時のような抹茶の味を引き立てる驚きはなかった。

相性は悪くない。黒砂糖チョコレートに何かを加えたら、抹茶の味が引き立つに違いないのだ。その食材はなんなのか。ひとまず、家にある食材を集めてみる。

ココアパウダーにジャム、ドライフルーツ——オレンジ、マンゴー、パイナップル、ブドウ、バナナ、乾燥野菜——カボチャ、ゴボウ、チーズ、ナッツ類などなど。

こうなったらと、片っ端から試してみた。

「野菜は没。チーズは問題外。ココアパウダーは仕上げに使ってもいい……」

ぶつぶつ独り言を言いながら、試作と試食を繰り返す。ドライミントを噛んで口の中をリセットしつつ、試し続けた。

結果——もっとも合う食材はオレンジだった。しかし、完全にしっくりくるわけではない。何かが足りないのだ。

その違和感は、薄茶を飲んだあとに明らかに浮き彫りとなった。

「なんだろう、この感じ……！」

オレンジを入れることによって、チョコレートと黒砂糖の味は引き立つ。しかし、抹茶と合わせるとそれぞれの味がとっ散らかる印象があったのだ。

どうすればいいのか。頭を抱えるが、いい案は浮かばない。

少し、休んだほうがいいのだろう。麗子は鹿児島物産展でもらったタンカンを掴み、皮を剥いて食べた。

タンカンはポンカンとネーブルが自然交配されたもので、鹿児島より南でよく栽培されている。台湾から伝わり、日本でも栽培が始まったみかんらしい。

皮は分厚く、果肉は粒が一つ一つ歯ごたえがある。ほどよい酸味と甘みがあり、食べ応えがあった。

まるまる一個食べ終えたあと、麗子はふと気づく。タンカンが黒糖チョコレートに合うのではないかと。

そこからの行動は早かった。

まずタンカンを洗い、皮のまま輪切りにする。スライスしたタンカンを十分煮て、湯を捨てることを数回繰り返し、最後に砂糖と一緒に煮込む。

くたくたになったタンカンをクッキングペーパーに並べ、オーブンで焼いたらドライタンカンの完成だ。これを細かく切り刻み、テンパリングさせたチョコレートに混ぜる。

最後に、黒砂糖の固まりにタンカン入りのチョコレートを絡ませ、ココアパウダーをまぶしたら完成だ。

薄茶を用意し、ドキドキしながら試食する。まず、黒砂糖タンカンチョコレートを食べた。チョコレートが黒砂糖を優しく包み込み、最後にタンカンの風味が口の中に広がる。そのあと、薄茶を飲んだ。抹茶の味わいがチョコレートと黒砂糖の甘さと混ざり、爽やかな風味となる。最後に、タンカンの香りがふわりと残った。

思わず、麗子はガッツポーズを取る。これこそ、抹茶に合うチョコレートだ。

おそらく、黒砂糖と同じ鹿児島産のタンカンだからこそ、相性がいいのだろう。

一刻も早く理人に食べてもらいたかったが、もしかしたら今日は舌が麻痺しているかもしれない。もう一度、明日作って試食したほうがいい。

そう思って、はやる心を抑えて今日は休むことにした。

翌日、朝から黒砂糖タンカンチョコレートを作ってみた。薄茶を飲んでみたが、やはり合う。

理人に報告しても問題ないだろう。

一度深呼吸をしてから、ギルバートと連絡を取ることにした。

『もしもし？』

「テイラーさんでしょうか？」

『はい、ギルバート・テイラーでございます』

「今、お電話大丈夫ですか？」

『はい、大丈夫です』

麗子は抹茶に合うチョコレートが完成した旨を報告する。ギルバートは驚いていた。

『もう、チョコレートが完成したのですか？』

「はい。先日、鹿児島物産展に行きまして、いい食材を発見しました」

『さようでございましたか』

近日中に理人に会えないかと質問したところ、なんと今日から地方へ仕事に行くらしい。

東京へ戻ってくるのは、五日後だと。

『夕方の六時に羽田まで来ていただけたら、お目にかかる時間はありますが』

「だったら、羽田までチョコレートを持って行きます」

『ありがとうございます。では、そのように報告をしておきます』

夕方まで時間は十分《じゅうぶん》ある。それまでに、提出用のチョコレートを完成させればいいのだ。

ギルバートとの電話を終えたあと、麗子はすぐさま本番用の黒砂糖タンカンチョコレートの製作に移った。

プレゼントではないので、タッパーに詰めて持って行く。午後三時過ぎ、家を出た。

チョコレートは自信作だ。と、名前を付けていなかったことに気づく。『黒砂糖タンカンチョコレート』だと、風情がない。

こういうのは、『ララ・オランジェット』のオーナー、ジュリアンが得意だった。

麗子も一応考えるものの、すべて「ダサいわ！」と一蹴されるのが常だった。

タンカンチョコレート、柑橘黒砂糖ショコラ、柑橘チョコレート～黒砂糖風味～。

どれも、いまいちピンとこない。ジュリアンがいたらきっと「もっと想像力を働かせて、イメージを言葉で表現しなさい！　それじゃそのままじゃない！」と怒っていただろう。

結局、何も思い浮かばないまま、羽田空港のターミナルに到着した。

出発ゲートの入り口前にあるソファで待っていたら、約束の十分前に理人とギルバートがやって来た。

「麗子ちゃん、お待たせ！」

理人は今日は着物ではなく、スーツ姿だった。おそらくオーダーメイドだろう、きちんと体に合ったスーツ姿であったが、これも七五三の男の子のような雰囲気がある。彼の天真爛漫な雰囲気がそうさせているのかもしれない。麗子は冷静に分析していた。

「すごいね！　もう、チョコレートが完成したんだ」

「普段は、こんなに早くできないのですが、偶然いい食材を発見しまして」

「鹿児島物産展、だっけ？」

「はい」

さっそく、作った黒砂糖タンカンチョコレートを理人へ差し出した。

「時間があまりないから、ここで確認するね」

「よろしくお願いします」

タッパーを開けたあと、理人は頬を緩める。すっと目を細め、愛おしい恋人との再会のような甘い視線を向けていた。

またしても、理人はチョコレートを前に豹変する。先ほどまで七五三の男児にしか見えなかったのに、急に大人の男性に見えた。

「柑橘の、いい香りがする」

「タンカンです。台湾から伝わった、南国みかんですよ」

「へえ、そうなんだ。それから、もう一つ、何かの匂いがする」

「食べてからのお楽しみです」

ギルバートが水筒を取り出し、コップに何かを注いでいた。家から、煎茶を入れて持ってきていたようだ。

理人は正方形のチョコレートを手に取り、匂いをかいでいる。なんとなく恥ずかしい気持ちになったが、目を逸らすわけにはいかない。なんとかして彼の様子を見続ける。

理人は心行くまでじっくり見つめたあと、チョコレートを食べる。

チョコレートを口に含んだ瞬間、理人の目がとろりと蕩けそうな笑みに変わる。

手に付いたココアパウダーも、ペロリと舌で舐めた。黙ったままチョコレートを食べ終え、すぐに煎茶を飲む。すると、ハッとしたように目を見開いた。

どうだったのか。麗子はドキドキしながら、感想を待つ。

理人は目を閉じ、何かを考えているようだった。

その横顔からは、何も読み取れない。早く感想を聞きたい気もするし、怖い気もする。

ドキドキがハラハラへと変わりゆく中、ギルバートが理人の言葉を急かす。

「若様、いかがでしょうか？」

「すごく……いいね。今すぐ、濃茶と合わせたいところだけれど、残念ながら今から飛行機だ」

もう一度、理人はチョコレートを食べ、煎茶を飲む。

「黒砂糖とチョコレートを合わせるなんて、驚いたな。こんなにも、チョコレートと相性がいいなんて。タンカンも、いいアクセントになっている。なんていうか、南国に想いを馳せたくなるようなチョコレートだ」

理人自身、濃茶に合うチョコレート菓子を考えることは、無茶ぶりであると思っていたようだ。

「重要なのは、無茶ぶりに対して応えようと思う姿勢で、僕は麗子ちゃんのやる気を見たいと思っていたんだよ。でも、本当に作っちゃった！」

どうやら、理人が満足するチョコレートを作ることに成功したようだ。胸を押さえ、ホッと息をはく。

「麗子ちゃんは僕が思っていた以上に、すごいショコラティエールなんだね」

「そのように評価していただけることは嬉しいのですが……」

どうも、過大評価な気がしてならない。気恥ずかしくなって、顔を背けてしまう。

「これ、なんて名前のチョコレートなの？」

「あ、まだ、名前は決めていなくて……」

「だったら、僕が決めてもいい？」

「はい。お願いします」

理人は黒砂糖タンカンチョコレートを手に取り、考える間もなく命名した。

「南国石畳、とかどうかな」

ひと目見た瞬間から、チョコレートが石畳のように見えたらしい。表面がごつごつとした黒砂糖を使ったので、そのように見えたのだろう。普通のチョコレートでは、出せない質感だ。

石畳の前に南国と付いているので、特別な食材を使ったチョコレートであることが分かる。

「南国石畳、すごくいいと思います」

「そう？」

これが、ジュリアンの言っていたイメージを言葉で表現した名前なのだろう。

南国石畳、ぴったりでいい名前だと麗子は思った。

「素敵な名前を、ありがとうございます」

「こちらこそ、素晴らしいチョコレートを作ってくれて、嬉しいよ」

理人は麗子に手を差し出す。

「これから、楽しみだな」

差し出された手に気づいた麗子は、理人のほうを見てそっと握り返す。

「よろしくね」

「はい、こちらこそ、よろしくお願いいたします」

麗子は正月を迎える前に、理人が浅草でオープンさせるチョコレート専門店に本採用となった。親戚の前で無職状態であることは回避されたため、胸を撫でおろす。

こうして、新しいショコラティエールとしての一歩を踏み出すこととなった。

blog

ルミのチョコレートファンブログ

『ユージ・キタサノ=スイート・ファクトリーのカオス・カカオ』

評価：★★★★

こんにちは！　ルミだよ。今日は、大人気の『ユージ・キタサノ=スイート・ファクトリー』のビーントゥバーチョコレート『カオス・カカオ』を紹介するね！

まず、ビーントゥバーという言葉は知っているかな？

カカオ豆の仕入れから加工まで、ショコラティエがすべて行い、チョコレートを完成させることを言うんだって。

ビーンがカカオ豆という意味で、バーが板チョコという意味らしいよ。

今日紹介する『カオス・カカオ』は、パティシエのユージ・キタサノが作った最高傑作のチョコレートとも言われているんだって。

ユージ・キタサノ=スイート・ファクトリーは言わずもがな、渋谷にある大大大人気の菓子店。毎日行列すごいんだよね。

ユージ・キタサノこと、北佐野《きたさの》祐司《ゆうじ》は日本を代表するパティシエで、製菓学校卒業後はフランスの有名菓子店で五年修業したあとベルギーの菓子メーカーで三年、その後、日本のホテルで二年働き、スイスのホテルでシェフパティシエを三年勤め、帰国後に日本でパティスリー『ユージ・キタサノ=スイート・ファクトリー』の一号店をオープンさせたすごい経歴の持ち主なんだ。(※Chocopediaより引用)

ケーキでも、チョコレートでも、和菓子でも、甘いものならなんでも美味しく作ってしまう天才中の天才なんだよね。

中でも、カカオ豆作りからプロデュースしたビーントゥバーのチョコレート『カオス・カカオ』は絶品中の絶品。

カカオ感が最高に強くって、ローストしたコーヒーのような渋みがあるの。ほのかに感じる酸味と、市販の板チョコでは味わえないスモーキーさがあるんだ。

ちょっと上級者向けの味わいだけど、世界に一つだけのチョコレートって感じで私は大好き。


……ああ、大ファンのショコラティエールさんも、ビーントゥバーのチョコレート作ってくれないかな?　もしも作ってくれたら、毎月百枚は買うのに!

そんなわけで、みんなのオススメのビーントゥバーのチョコレートを教えてくれると嬉しいな。コメント、お待ちしております!

コメント(467)トラックバック(3)

第三章 浅草のチョコレート屋さん、オープン

理人は二ヵ月後のバレンタインの時季《シーズン》に、浅草でかつて和菓子店だった建物でチョコレート専門店を開店させると言っていた。

今から大忙しで、準備に取りかからなければならない。

まず、理人が知り合いから居抜きで購入した物件を見に行くことになった。

店がある場所は東京メトロ銀座線の浅草駅から徒歩十分ほど。奥浅草、もしくは観音裏と呼ばれる地域にあるようだ。

浅草の街だと、理人の着物姿がしっくりきていた。七五三の男子感も薄くなる。

他に、華やかな着物を着た若い女性も歩いていて、思わず目を奪われた。

着物なんて、成人式の日以来着ていない。背筋をピンと伸ばして歩いている理人を見ていると、着物もいいなと麗子は思ってしまう。

馬車《ばしゃ》通りを直進し、二天門《にてんもん》の前を通り過ぎる。さらに歩いて言問《こととい》通りを左折して、しばらくすると奥浅草だ。

「駅からの道は歩いていて楽しいですよね」

「そうだね。お弟子さんも、運動になるって言ってたよ。奥浅草周辺は職人の街でもあるから、雰囲気もいいし」

そんな話をしながら、浅草の街並みを歩く。
オシャレなカフェにカジュアルなフレンチダイニングから、渋い佇まいの純喫茶なども
ある。他に、柿の種を売る店や、革製品を扱う商店など、観光客の心をくすぐるような店
が並んでいた。
芸妓《げいぎ》が待機する置屋《おきや》もあり、時折料亭へ向かう姿も見られるようだ。
「なんでしょう。ここは新しいお店と、昔ながらのお店が集まった地域なのですね」
「そうなんだ。いいところでしょう？」
「はい」
しばらく歩くと、目的地に到着した。
「ここだよ」
店舗は以前、写真で確認していたものの、実際に見たらまたイメージが変わった。
建物は二階建てで、裏に離れがある。漆黒の屋根瓦に白い壁、入り口近くにはスズメバ
チの大きな巣がぶら下がっていた。なんでも、スズメバチの巣は商売繁盛のお守りとして、
非常に縁起がいいものらしい。理人の弟子の一人が、贈ってくれたのだとか。
通りに面して大きな窓があり、店内を覗けるようになっている。出入り口は引き戸で、
店内は陽光が差し込んでいて明るい。
外から商品が購入できる小さなショーケースと窓もあったが、イートインスペースは見
当たらない。

石目調の床に、壁は木目の美しい木製。商品であるチョコレートを並べる大きなガラスケースは、一点の曇りもなくピカピカだ。ここが、麗子の働く店となる。眺めていると、ドキドキと胸が高鳴った。

「麗子ちゃん、このお店、どうかな？」

「すごく、いいですね」

しかし――全力で純和風だ。店内の雰囲気から、チョコレートを売っているという気配は微塵も感じられなかった。

厨房は『ララ・オランジェット』の四分の一くらいと小さいが、大きな冷蔵庫がある。調理台はピカピカだ。きちんと冷房の設備も整えられている。ボウルにホイッパー、ゴムベラ、カード、湯煎用鍋、ケーキクーラーに回転皿、温度計、デジタル量りなど、道具も一通り揃っていた。

「あとでチェックして、足りない品物があったら言ってね」

「はい、ありがとうございます」

一階は店舗と厨房、従業員の休憩室と着替え用の部屋がある。二階は事務所と理人の私室、それから物置になっているらしい。

従業員は麗子とギルバート、他に経理と事務がいるようだ。彼らは理人の茶道家としての活動も手伝っているのだとか。

ギルバートの知り合いを雇ったそうで、一人は四十代くらいのふっくらとした事務の女性。もう一人は経理の男性だった。挨拶をしたが、二人共気さくな人達で麗子はホッとする。

一通り建物の中を見て回ったあと、一階にある休憩室で詳しい話をする。

「わ……！」

従業員用の休憩室は、黒い絨毯にレザーのソファ、マホガニーのテーブルがあるオシャレなカフェ風だった。

「ここの部屋だけ、雰囲気違いますね」

「女性陣はこっちのほうが落ち着くかなって思って」

以前はここも純和風の部屋だったようだが、内装を替えたそうだ。

「実は、カーペットを剝いだら畳なんだよ」

「そうなのですね」

ここは、茶道教室や茶会を行う際、理人の弟子や参加者などが休憩する場としても使うらしい。

「普段は、麗子ちゃんは僕の私室を休憩室に使っていいからね」

「いや、それは悪いような気がします」

「いいから、いいから」

とりあえず座るように言われ、レザーソファに腰かける。すると、体が想像よりも沈んで驚いた。今まで経験したことのないような、素晴らしい座り心地のソファである。

「この前説明した通り、勤務時間は朝の八時から十七時まで。休憩はトータル二時間。休日は月曜日と木曜日の週二回。年に二回のボーナス有。これで、問題ないよね？」

「はい」

「チョコレートは七種類ほど販売しようと思う。一応、ギルバートに調理助手をさせることは可能だけれど、人手が足りないようだったらもう一人雇ってもいいよ」

「そうですね。実際に働いてみて、てんてこまいになるようならば、お願いしたいなと」

定番チョコレートは四種類。残りの三種類は春夏秋冬によって替える。クリスマス、バレンタインの時季のみ、数量限定チョコレートを作りたい。

理人の要求は、だいたい『ララ・オランジェット』でしていたことと同じだった。問題はない。

「この前作ってくれた『南国石畳』なんだけれど、タンカンの旬は冬だから、冬季限定のチョコレートにしたいね」

「そうですね」

定番商品は、トリュフにエクレア、オランジェットにボンボンチョコレート。冬季限定商品は、南国石畳、フォンダンショコラ、生チョコレート。

理人は今まで何十種類と『ララ・オランジェット』のチョコレートを食べている。その中でも、特に美味しいと思ったチョコレートをチョイスしたようだ。

「あ、『ララ・オランジェット』のオーナーには、許可取ってある？」

麗子のチョコレート作りの技術には、『ララ・オランジェット』で習ったことも含まれている。

特に、店名にもなっているドライオレンジにチョコレートを絡めた『オランジェット』は、評判がよく全国にファンがいる。

「はい、オーナーには許可を取りました」

電話した時に聞いてみたところ、「問題ないわ。レイコが努力して身に付けた技術じゃない」と言って認めてくれたのだ。

「そっか。いい人だよね」

「ええ、本当に」

ジュリアンは専門学校を出て、右も左も分からない新人ショコラティエールの麗子を、『ララ・オランジェット』で雇ってくれたのだ。

「オーナーには、本当に感謝しています」

礼としてザッハートルテを作って渡すだけでは、足りないくらいの恩を受けた。

「この前も、ザッハートルテを持って挨拶に行きまして」

「へえ、ザッハートルテ作ったんだ。麗子ちゃんのだったら、さぞかし美味しいんだろうねえ」

「ありがとうございます。今度、作ってきますね」

「本当⁉」

「ええ。ちなみに、日本風とウィーン風、どちらが好きですか？」

「どっちも好き！」

聞いていて気持ちがいいほどの、即答である。思わず笑ってしまった。理人と話していると、小学生の甥や姪と話している気分になる。

「日本風は外側のチョコレートが濃厚で美味しいし、ウィーン風のじゃりっとした砂糖の入ったチョコレートも美味しいよね。『ララ・オランジェット』のバレンタインシーズン限定ザッハートルテも大好き。去年は、何回も食べたなー」

「ありがとうございます」

日本風も、ウィーン風も、それぞれいいところがある。

ここでふと気づく。人付き合いも同じなのかもしれない。苦手な点にばかり注目するのではなく、その人のいいところに注目すればいい。

物事を悪いように捉えていたら、損なのだ。

だからといって、理人のように前向きに物事を見ることは難しい。

しかし、これからは意識して、そのようにできたらいいなと麗子は思う。

◇◇◇

一週間後、店で着用する制服が用意された。袋に入っていたのは、白い甚平だ。ギルバートには紺色の作務衣が用意されている。

制服は事務の吉田《よしだ》が用意してくれたようだ。

休憩室で着替え、トイレにある全身鏡で自身の姿を確認する。別におかしくはないが、何かしっくりこない。微妙な違和感を覚えつつ、ギルバートと合流した。

互いの姿を確認し合ったが、言葉もなくひたすら見つめ合う。

「……」

「……」

和食料理人という出で立ちの麗子に、和食店従業員という出で立ちのギルバート。

「ふっ！」

先に噴き出したのは、ギルバート。つられて、麗子も笑いだす。

「ご、ごめんなさい、テイラーさんの姿に笑ったのではなく……！　私、自分で自分のことを、お寿司屋さんの職人みたいだと思って」

「河野さん、大丈夫です。私も、自分を日本大好き浮かれ外国人のようだと思いましたから」

互いの印象を白状し合うと、余計に笑えてくる。

「こういう和装は初めてで、新鮮な気持ちです」

「私もです。日本の服は、美しいですよね」

「本当に」

ただ、互いに、似合っているかは別の話である。

今日は制服の試着のみで、他に仕事はない。ギルバートはこれから二階にいる理人に見せに行くようだ。

「私は、恥ずかしいのでご遠慮しておきます」

「では、素敵でしたとお伝えしておきますね」

「素敵……」

とてもショコラティエールには見えず、寿司を握っているほうが説得力のある恰好だったがそれは敢えて言わないことにした。

ただ、半袖なので肌寒い。

ギルバートがいなくなったあと、麗子は上からコートを着こんで店の前の掃除をすることにした。

「さ、寒い！」

思わず、独り言を呟いてしまう。十二月も下旬で、空は曇天。風はないが、冷凍庫の中にいるようだった。

チョコレート作りをしている時も、寒い部屋の中にいることが多い。しかしその時は、意識のすべてがチョコレートにあるので、あまり気にならない。

麗子が特別寒さに強いわけではない。寒いものは、寒いのだ。

昨晩は風が強かったのか、枯れ葉がたくさん落ちている。さっさと掃除を終わらせよう。

麗子は竹帚《たけぼうき》で店の前を掃いていった。

「あら、ここ、閉店したんじゃなかったの？」

声がしたので、振り返ると、五十代くらいの女性が理人の店を見上げていた。首にはマフラーを巻き、ふくらはぎ丈のダウンコートを着ていて暖かそうだ。

「結構前に、潰れたって聞いたんだけど」

「今度、新しい店がオープンするんです」

「へえ、そうなの。前のお店の和菓子は、すっごく不味かったらしくて」

その発言のあと、女性は値踏みするように麗子を上から下へと眺めた。

「もしかして、あなたが新しいお店の職人さん？」

「ええ、まあ」

「そうなの。前のお店も、若い方だったのよね。髪も、茶色くって、チャラチャラしていて」

「はあ」

暗に、麗子もチャラチャラしていて、不味い和菓子を作る職人なのでは？　と言われているように感じてしまう。

麗子が髪の色を明るくしているのは、『ララ・オランジェット』のショコラティエのトマに「髪が黒いと、暗く見えるから少し明るくしろよ」と言われたからだった。染めた髪はジュリアンも「素敵ね」と褒めてくれた。それから四年間、麗子は小まめに髪を染めている。

チョコレートと同じ色なので気に入っていたが、両親と同じ世代からは受けが悪いようだ。

「あなた、何年修業されたの？」

「専門学校で一年、店で四年、です」

「んまあ、今の時代って、たったそれだけの修業で職人を名乗れるのね」

たったそれだけと片付けられた五年間は、麗子にとって寝ても覚めてもチョコレート作りのことだけを考え、努力に努力を重ねた五年間だった。

自分の技術の甘さを痛感し、人付き合いも上手くいかず、苦労ばかり。

何も知らない他人に簡単に評価されることほど、悔しいものはない。麗子は唇を噛みしめ、湧き出る強い感情を押し殺した。

「今の時代は、やる気さえあれば、独立できるのね。でも、この辺りは十年、二十年、三十年と修業を積んだ熟練の職人がわんさかいる街だから、人一倍頑張らないと」

なぜ、初対面の女性にここまでずけずけ言われなければならないのか。視界がぐらりと歪んだような気がした。竹帚を支えに、なんとか堪える。

だから、人と関わるのは苦手なのだ。麗子は、なぜかいつも人の悪意に晒されてしまう。

「──あの、うちのショコラティエールが、どうかしましたか？」

二階から理人の声が聞こえた。上を向くと、窓からひらひらと手を振っている。

「ショコラ……え、なんですって？」

「ショコラ、ティ、エール、です。つまり、チョコレート職人ですよ」

「ここ、和菓子屋じゃないの？」

「そうです。ショコラトリー、チョコレート専門店です」

「な、なんて紛らわしいの!?　和菓子屋の外観でチョコレートを売るなんて、詐欺じゃない？」

「あはは、ごめんなさいねえー。普通、そう思いますよね。でも僕、新しいことがやりたかったんです」

理人にも同じような悪意が向けられるが、深刻に受け止めず軽く流していた。

「来年の二月にオープンするので、ぜひ遊びに来てくださいよ。ね？」

理人が片目を瞑《つむ》ってお願いしたら、女性の頬は淡く染まる。

「まあ、それまで覚えていたら……」

「ありがとうございます！」

最後に、女性は麗子を見ながら言った。

「あなたの腕前、見せていただくわ」

「は、はあ」

女性は挑戦的なことを言ったものの頬を真っ赤にさせていたので、イマイチ迫力に欠けていた。

麗子は、ふと、今まで感じていた恐怖が、綺麗さっぱりなくなっていることに気づく。

女性の去り行く後ろ姿を眺めていたら、理人が二階から下りてきて店の中へ手招きされた。

店内は暖かい。指先から、じわじわと温かくなっていく。

ただ、急に温かくなったので、指先がジンと痛んだ。同時に、心までも傷んだ。恵まれた環境に身を置いているのに、たった一人の批難めいた言葉で心を痛める。他の人から見たら大した問題ではないのに、麗子は人一倍気にしてしまうのだ。

「麗子ちゃん、大丈夫だった？」

「ええ」

「なんて言われたの？」

「ここの前のお店の和菓子が美味しくなかったことと、職人さんが茶髪でチャラチャラしていたと」

「ああ、それ、本当！　近所の人とか、ドン引きしていたみたい」

派手なスポーツカーで出勤し、サングラスに革のジャケットに細身のパンツ、足下は無駄に尖った靴といった目立つ出で立ち。前の和菓子店のオーナーは自身が和菓子を作る職人でもあったため、営業中は和菓子職人っぽく見える制服をまとっていたようだが、全身からにじみ出る不真面目感は隠しきれていなかったらしい。

「昔から付き合いのある会社の息子なんだけれど、絵に描いたような放蕩《ほうとう》息子なんだよね」

「そ、そうだったのですね」

先ほどの女性は麗子を責めていたわけではなく、事実を述べていただけのようだ。

「それから、何を言われたの？」

「職人歴が五年だと言ったら、この辺りは熟練の職人が多くいるので、人一倍頑張るようにと」

「そうだね。ここはたくさんの職人がいる。昔から浅草の人に愛されている老舗も多くあるし、新しいお店もたくさんある。つまり、激戦区なんだよね」

「活《かつ》を入れてくれたのでしょうか？」

「そうだと思うよ」

冷静に彼女の言動を紐解いてみたら、悪意を向けられたようには思えない。むしろ新しい店のことを心配してくれていたのかもしれない。そう、今になって気づく。

「どうかしたの？」

「いえ、自分が酷くネガティブで、落ち込んでしまい……」

どのようにしたら、理人のように物事をよい方向に捉えることができるのか。勇気を出して聞いてみた。

「うーん、特に意識したことはないけれど……」

生まれながらの前向き思考らしい。麗子もそうだろう。生まれながらの、後ろ向き思考なのだ。これぱかりは、どうにもならない。

「あ、でもね、茶道の教えの中に、和敬清寂《わけいせいじゃく》って言葉があって――」

和敬清寂――それは、茶道の心得を示す言葉であるのと同時に、人として心掛けておくべき事でもあるという。

「和は『調和』。互いに心を開き、分かち合うこと。敬は『尊敬』。常に謙虚な姿勢で、相手を敬うこと。清は『清らか』。目で見ただけではなく、心の中の清らかさも感じること。寂は『動じない』。何があっても動揺せず、しっかり前を見据え相手と向き合うこと」

「和敬清寂……」

「そう。僕なりの解釈も入っているけれどね。麗子ちゃんはきっと、人と接する時に、和敬清寂のどれかが欠けているんだと思う」

「！」

脳天に雷が落ちてきたような衝撃に襲われた。

理人の言う通りだ。麗子は人と接する時、はじめから自分は相手に嫌われている、好かれることはないと思い込み心を閉じていた。

いつもいつでも自分のことばかりで、最初から相手のことを見ようとしていなかったのだ。

「違う？」

「いいえ。私、自分が相手に嫌われているんじゃないかって不安で、いつも、おどおどしていたように思います」

麗子の言葉を聞いた理人は笑いだす。

「あ、あの？」

「ごめん。なんか、ちぐはぐだなって思ったんだ」

「ちぐはぐ、ですか？」

「そう。麗子ちゃんの見た目はね、犬に喩えると、シベリアンハスキーなんだ」

「シベリアンハスキーって、ちょっと怖い顔の犬種ですよね？」

「そうそう」

ハスキー犬はとても怖く見える。安易に触れようと思わない犬種だ。

「おどおどしていたって言うけれど、僕からしたらそんな風には見えなかった。さっきも、おばさんに怒っているように見えたんだよね。だから、どうしたのって声をかけたんだ」

「お、怒っていません。ショックは受けていましたが」

「だよね。きっと、麗子ちゃんの中身はチワワなんだ」

「それは……はい。納得できます」

麗子の中身は常にぶるぶる震えるチワワでも、見た目はシベリアンハスキーに見えるらしい。相手からしたら、怒っているのか不機嫌なのかのどちらかに見える。とても友好的には見えないだろう。

「ちぐはぐだって意味、分かった？」

「はい」

「麗子ちゃんは初めて話す相手を、いきなり嫌ったりしないでしょう？」

「そう、ですね」

「それは相手も同じなんだよ。でも、麗子ちゃんがおどおどして、怖がって、壁を作ったりしたら、よくは思わないでしょう？」

「返す言葉がないです」

理人の言う通りだった。麗子は和敬清寂のどれかどころか、すべてできていなかった。

一方で、理人やギルバートは、和敬清寂が最初からできていたように思える。

「大事なことは、相手を怖がらないこと、かな。難しいことだと思うけれど」

「ええ……」

自分を変えることは難しい。自分の性格や性質に不満はあっても、死ぬまで付き合っていかなければならないと麗子はなかば諦めていた。けれど、和敬清寂の教えが、麗子の胸に小さな火を灯す。

シベリアンハスキーに見えているならば、相手を怖がらせないよう態度や表情を柔らかくするように心がけなければならない。今まで、まったく気にしていなかったことだ。

「一人でも多く味方がいると、人生楽しくなるよ。もちろん、強要するつもりはないけれど」

「いいえ。私も、そう思います」

学生時代、専門学校時代、『ララ・オランジェット』で働いていた時でさえ、麗子は和敬清寂ができていなかった。

自分は不器用なんだと決めつけ、相手と向き合うことから逃げていたのだ。

正直、知らない人と接するのは怖い。けれど、それは相手も同じだろう。

勇気を出して、一歩踏み出す。そうしたら、理解し合えるのか。まだ、麗子には分からない。

これは、実際にいろんな人と会話をして、自分自身で乗り越えなければならないことなのだろう。でも、そのことに気付けただけでもよかったと考えてみる。今までの後ろ向きな麗子にとっては考えられない進歩だ。

浅草のショコラトリーで働くことは、麗子にとって人生の大きな一歩になるのかもしれない。

「あ、そういえば、ここ、お店の名前って決まっているのですか？」

「うん。ずっと考えていたんだけれど――『浅草ちょこれいと堂』とか、どうかな？　チョコレートは、ひらがなね。可愛いでしょう？」

今日までずっと、理人は店名を考えていたらしい。フランス語のおしゃれな店名も、いくつか候補にあったがどれもしっくりこなかったのだという。

「さっきの麗子ちゃんとおばさんのやりとりを聞いていたら、パッと思い浮かんで」

せっかく浅草の地で店を開くのだから、観光客だけでなく地元の人にも愛される店にしたい。そのためには、『浅草』という地名を入れて愛着を持ってもらおうと考えたらしい。

「それに、店名を見たり、聞いたりしたら、え、浅草にチョコレート専門店？　みたいに引っ掛かるでしょう？」

「たしかに、そうですね。気になると思います」

浅草にはチョコレート専門店がすでにある。その店との差別化も図りたいようだ。

「浅草ちょこれいと堂……いいかもしれません」

「麗子ちゃんもそう思う？」

「はい」

「よかった！」

理人はキラキラとした笑顔を麗子に向ける。初めて、他人の笑顔が眩しいと思った。

「さっそく、看板を作らなきゃね！」

一階部分の瓦屋根に、看板を置くらしい。知り合いの書道家に頼んで、文字を書いてもらうのだと理人は次々と新店舗の構想を語る。

「じゃあ、店名はこれで決まり！　次は、商品作り！　これは麗子ちゃん、よろしく」

「はい」

「あとはバレンタインに合わせたノベルティグッズとか、チラシとかも作らなければいけないな。ギルバート！」

「はい」

理人の影のように佇んでいたギルバートが一歩、前に出てくる。

「今の話を聞いていたね？」

「はい」

「書道家の町田《まちだ》さんに連絡をよろしく」

「かしこまりました」

「ギルバートは、何か気になることとかあった」

「はい、一点だけ」

ギルバートが理人に意見することがあるらしい。なんとなく、珍しいことのような気がして麗子は注目する。

「何かな？」

「あの、私共の制服なんですが――」

「ああ、それね。二人共、あんまり似合っていないね。特にギルバート」

「そうなんです。それで、いつもの服で働きたいのですが――」

「この店構えだったら、和装が似合うけれど……うーん、そうだね」

「このままですと、『日本大好きな怪しい外国人が、とりあえず日本の下町といったら浅草という思い付きのもと、なんちゃってスイーツ店をオープンした』ように見えるのですが……」

「たしかにそうかも。だったら、制服はいつものスーツにしなよ。麗子ちゃんも。その制服、慣れなくて動きにくいでしょう？」

「正直に言えば、着慣れたコックコートのほうがありがたいですね」

「だったら、新しい制服を発注しておくね」

制服問題はどうにかなりそうで、心からホッとした。

「麗子ちゃんは、何か気になることとか、僕への要望とかある？」

「要望――」

問われて、浮かんだことがある。図々しい願いではないか。そう思ったが、麗子を見る理人の目は優しい。断られるにしても、軽蔑したり批難したりはしないだろう。

勇気を出して、話してみることにした。

「お店や業務とは関係ないことなのですが、一つよろしいでしょうか？」

「いいよ」

「その、お恥ずかしい話、昔から人付き合いに悩むことが多々ありまして。どうにかしようと思っても、なかなか直すこともできず――」

しかし今日、自分にもできることがあるかもしれないと思った。きっかけは、理人が教えてくれた『和敬清寂』の心。

「もしかしたら、自分が変われるきっかけが、茶道にあるような気がしまして。それで、茶道に触れてみたいなと、思ったのです」

「え、それ本当？」

「はい。何も知らない私が飛び込むには、大変な世界でしょうけれど」

「そんなことないよ。僕がここでやろうとしていた茶道教室は、まさしくそれなんだ」

「それ、というのは？」

「今まで茶道に興味がなかった人が、気軽に茶道の世界に飛び込んでくれること！」

茶道といえば、ガチガチに決められたしきたりがあり、堅苦しいイメージがある。そのせいで、一般人にはハードルが高いものだと思われがちだ。麗子も、そういうふうに考えている。

「正座は足がしびれるし、作法は難しそうだし、お抹茶は美味しくないし。そんなイメージが先行しているんだよね。その通りだといったら、そうなんだけれど」

しかし、このままでは伝統が廃れてしまうかもしれない。危機を感じた理人は、誰もしていないような方法で茶道を広げていきたいという。

「一つは、夜の九時とか十時から始める、夜の茶道教室。社会人は、なかなかお稽古の時間を取るのは難しくなるでしょう？　だから、夜の一時間だけ、お茶を飲んでホッとする時間を過ごしてほしいと思って考えたんだ」

「飲みに行くと言って、実は会社帰りにお抹茶を飲むとか、素敵ですね」

「そうでしょう？」

それから、平日の午後から行う子連れのお茶会、正座をしないお茶会に、初心者だけのお茶会など、今まで誰もしていないような茶会を開く計画をしているようだ。

「だからね、麗子ちゃんも、その辺のカフェでキャラメルマキアートを飲むような気持ちで、参加してほしいな」

「はい……！」

まさかの大歓迎に、胸が熱くなる。勇気を出して伝えてよかったと、麗子はしみじみ思った。

「あの、もう一つ。こちらは、お店に関係のあることなのですが」

「何かな？」

「チョコレートを購入する客層は、どのあたりを考えていますか？」

客層によって、好むチョコレートの味わいは異なる。きちんとターゲットを定めないと、リピーターが付かない。

「そうだね……。万人受けというのは難しいかもしれないけれど……浅草にやって来るチョコレート好きに向けたお店、かな？」

曖昧なターゲットだ。チョコレート好きに向けて作るのは、簡単なようで難しい。

「難しいことを言っちゃったかな？」

「ええ。ですが、やってみます」

浅草という土地柄を考えれば、今までにないチョコレート作りをしなくてはいけないだろう。簡単にはいかないがやるしかない。

「楽しみにしているね」

「はい。頑張ります」

◇◇◇

理人との打ち合わせは一時間半と短い時間であったが、麗子は今までの人生に欠けていた大きなものを得たような気がした。

さっそく、麗子は理人に頼まれていた商品の試作品を作り始めた。

通年店に並ぶ定番商品は、トリュフにエクレア、オランジェットにボンボンチョコレート。

もちろん、『ララ・オランジェット』で作っていた物と同じチョコレートを作るつもりはない。麗子オリジナルの要素を取り入れようと考えている。

まずトリュフは、浅草をイメージした物を作る予定だ。

浅草を代表する食べ物といったら、芋羊羹に雷おこし、揚げ饅頭、きんつばにどら焼き、豆大福などといった和菓子である。

「よし、頑張ろう！」

浅草の街は老舗菓子店が多くある。とにかくまずは食べてみようと、和菓子の食べ歩きに挑戦することにした。

さっそく浅草の街に飛び出した麗子だったが、外国人観光客に道を聞かれて焦ったり、迷子になったり、気づいたら浅草から出てしまっていたり。

浅草の街を歩き回るのに慣れていないので、右往左往してしまう。

そんな中、休憩するために入った甘味屋の女将から、あるお菓子をオススメされた。それは、『あんこ玉』と呼ばれる浅草の老舗和菓子店の商品だった。

あんこ玉は白や薄紅、緑に黄色など、色とりどりで、パッと見た感じは和菓子に見えない。

しかし、その名のとおりあんこの魅力を生かした浅草の銘菓だ。寒天の中に丸めたあんこが包まれていて、噛むと中からあんが弾けるように出てきて口の中に広がる。

あんこを寒天で包むというアイデアに、麗子は脱帽した。加えて、美味しくて見た目も可愛らしいというのは、言うことなしである。

さっそく買いに行って、味見した。見た目は可愛らしく、味は想像以上に素晴らしい。

麗子はそのあんこ玉からインスピレーションを得た。

もちろん、そのまま寒天でチョコレートを包むという安易な菓子は作らない。

どんな物でも完成された品物には、職人や作った人の技術とアイデアが詰め込まれている。それをそのまま真似するのは、よくないことだというのが麗子の考えだからだ。

麗子は夢の中にまであんこ玉が出てくるほど、悩みに悩み抜いた。

どうしたら、浅草らしいチョコレートが作れるのか——そんなことを考えながら。

翌日、求肥でチョコレートを包んだ和洋折衷のトリュフのアイデアが思い浮かんだ。

求肥に包むのは外側は濃厚なチョコレート、そして中はビターなチョコレートという、二層仕立てにすることにした。

味の他に、見た目にもひと工夫を加えた。

浅草寺の雷門をイメージした色合いを、トリュフに加える。使うのは、アメリカンチェリー。

アメリカンチェリー風味の飴を、求肥の上から絡めるのだ。チョコレートが甘くなり過ぎないよう、アメリカンチェリーの甘酸っぱさをアクセントにする。

飴は極限まで薄くしたものを絡ませ、口に入れるとすぐに溶けてなくなるようにした。

見た目も華やかな、浅草風のトリュフの完成である。

麗子には、トリュフの一粒一粒が宝石のように美しく輝いて見えていた。

エクレアは冒険せず、王道の作り方をする。『ララ・オランジェット』では、オレンジ風味のクリームが入っていたが、麗子は昔ながらのカスタードにサクサクのシュー生地で勝負する。

ボンボンチョコレートは、ベルギーチョコレートの伝統でもある型抜きタイプの物を作ってみた。

まずは、どの型で作るか吟味する。これも、浅草にちなんだものにしたいと思っていろいろ調査した。その結果、かつて浅草寺で江戸が東京となってから百年経ったことを記念して創始奉納された『白鷺《しらさぎ》の舞』と呼ばれる舞があることを発見した。最初の奉納以来、毎年白鷺の姿を模した衣装をまとった人々が、舞い踊る行事が開催されるのだそうだ。

あいにく白鷺の型は見つからなかったが、白鳥の型を発見した。首が長いところが似ているので、これを白鷺として型抜きチョコレートを作ることにする。

型抜きして完全に固まったチョコレートに、ホワイトチョコレートを掛けて白くした。

『白鷺チョコレート』の完成である。

このようにして麗子は浅草の歴史や文化を調べながら、次々と試作品のチョコレートを完成させた。

麗子の中では最高傑作を作ったつもりだったが、他の人にとってはどうだか分からない。

ひとまずこれから実家に帰るので、甥と姪に試食してもらうことにした。

子どもは正直なので、素直に美味しいか美味しくないか、言ってくれるだろう。

◇◇◇

正月明け、麗子はギルバートと打ち合わせをするために待ち合わせの場所に向かう。

今日は歌舞伎座の近くにある、レトロな喫茶店に呼び出された。なんでも、そこで出されるオムライスが美味しいらしい。

ギルバートと二人、オムライスを注文した。出てきたのはチキンライスの上に、オムレツが載ったもので、麗子が想像していたオムライスとは様子が違う。

テーブルに皿が置かれると、ぷるりとオムレツが揺れた。中心には、トマトソースがかけられている。

オムレツにナイフを入れると、花が咲くように左右に開いた。トロトロ卵の、絶品オムライスである。

ランチセットにはコーヒーがついてきた。

「あれ、生クリームがありますけれど」

小さな深皿に、ホイップした生クリームが入っていたのだ。

「河野さん、そちらはコーヒーに浮かべて飲むんですよ」

「ああ、ウィンナーコーヒーなんですね」

「ですね。最初に聞いた時、コーヒーにウィンナーがぷかぷか浮いている様子が思い浮かんで、笑ってしまいました」

「私もです」

ウィンナーコーヒーは和製英語である。日本以外では通用しない。ギルバートが分からなかったのも無理はない。

「テイラーさん。ウィンナーは、ウィーン風を示す言葉でしたっけ？」

「ええ、みたいですね。ウィーンには、似たコーヒーが二種類ほどあるようですが」

一つは『アインシュペンナー』と呼ばれるもの。コーヒーとホイップした生クリームが一対一で入った飲み物らしい。

二つ目は『カフェー・ミット・シュラークオーバース』という、別皿にホイップクリームが用意された物。

「ではこれは、カフェー・ミット・シュラークオーバースに近いということですか」

「ええ、そうですね」

甘い物が大好きな麗子は、嬉々としてホイップクリームをコーヒーに浮かべた。さらに砂糖も入れて、スプーンでくるくると混ぜる。

ふんわりと甘い香りが漂ってきたので、目一杯吸い込んだ。それから、あつあつのうちに飲む。

「河野さん、いかがですか？」

「幸福の味がします」

「それはようございました」

二人はウィンナーコーヒーを味わいながら、打ち合わせをすることにした。

「若様が、なかなか打ち合わせに来られなくて申し訳ないと」

「いえいえ」

理人は店の準備と地方出張で忙しくしているそうだ。その代わり、メールでのやりとりは頻繁にしている。

「テイラーさんは出張にはついていかないのですね」

「ええ。わたくしめは主に、東京でのお仕事を支えるように申し付けられております」

地方へ行く時は、理人の弟子が数名付き添うらしい。

「若様の世話は、弟子がすることになっております」

「そうなんですね」

謎が一つ解けたところで、本題へと移る。

「昨日、お店に『浅草ちょこれいと堂』の看板が取り付けられたのですよ」

ギルバートがタブレットで撮影した写真を見せてくれた。金で書かれた見事な『浅草ちょこれいと堂』の額彫りの文字が屋根の上で輝いている。

「わ、素敵ですね」

「はい。若様も、想像以上の素晴らしい出来だと喜んでおります」

実際に見たくなったので、帰りに寄ろうと心に決めた。

「商品の試作品も、ひと通り作ってきました」

「ありがとうございます。若様に、お渡ししておきますね」

「はい。『ララ・オランジェット』のチョコレートとは違うので、お口に合うか分かりませんが」

「ああ、そうですね。これは、河野さんのオリジナルチョコレートでしたね」

「はい」

フランス人オーナーが経営する『ララ・オランジェット』のチョコレートは、全体的にややビター寄りの味わいだった。メインの客層は三十代女性。甘いだけの菓子に飽きてくる年頃になった大人向けのチョコレートだった。

人気商品の『オランジェット』は甘みが強いドライオレンジに、ビターチョコを絡めたもの。値段もお手頃とは言えず、大人の女性のご褒美的なチョコレートなのだ。

今回、麗子が作ったのは、主にミルクチョコレートを使ったものだ。国で言えば、ベルギーチョコレートに似た味わいである。

「正月に実家に帰った時、甥や姪に試食してもらったんです」

子どもは正直だ。そのため、麗子のチョコレートの試食相手にうってつけだった。

「日本のチョコレートに近いベルギー風、濃厚なスイス風、甘みが強いイタリア風など、さまざまなチョコレートを作って試食してもらいましたが、美味しいと受けがよかったのがベルギー風だったんです」

「なるほど。厳正な審査を乗り越えたチョコレートだったのですね」

「まあ、そうですね」

六歳から十八歳までの、広い年齢層が集まっての調査だった。みんなチョコレートが大好きで、麗子の作ったものを美味しそうに食べてくれた。

「お正月は、楽しかったですか？」

「はい。しかし、子どもの時は、毎年お年玉をたくさんもらって、いい思いをしたのですが、大人になってからは逆にお年玉をあげなくてはいけなくなって、いろいろ大変です」

「そうですね」

叔父はいまだに麗子にお年玉をくれようとする。もう大人なのでと断っているが、毎回悲しそうな顔をするので、結局受け取ることになるのだ。

「きっと、いくつになっても河野さんは可愛い姪御さんなんですよ」

「ですかね……」

もし、来年渡そうとしてきたら、遠慮せずに受け取ろう。麗子はそう思った。

「しかし、家族でお正月とは、いいですねえ」

麗子は『ララ・オランジェット』を辞めたことについて両親から何か言われるのではないかと思っていたので、戦々恐々としながら実家に戻った。ところが、一応、退職について母にメールで伝えていたものの、特に何も言われず拍子抜けした。

勇気を出して母に「何か思うことはなかったのか」と尋ねたところ、「いい歳の娘に、物申すなんて野暮なことよ」と返された。

思えば、麗子の母はいつもそうだった。ショコラティエールになりたいと言った時も、賛成はしないものの反対もしなかった。麗子の好きなように、やらせてくれたのだ。

ただ、チョコレートにハマり、食べすぎて顔中ニキビだらけになった上に体重が十キロ以上増えた時はこっぴどく叱られた。その時の記憶が強すぎて、今回も怒られると思い込んでいたのだろう。

「テイラーさんは、お正月はどうされたのですか？」

「私はいつも通り、若様に同行して、胡桃沢家の本邸で過ごしました」

「茶道家のお正月は、なんだか忙しそうですね」

「お正月は茶道界の新年会、初釜《はつがま》がありますからね」

初釜とは、新年を祝い、その年初めて釜に火を入れる催しだという。内容は懐石料理から始まり、薄茶と濃茶をふるまう。

初日は政治家や会社取締役など付き合いのある要人を招き、翌日から付き合いのある客を招いて行われる。

「お客様が千人ほどいらっしゃったでしょうか」

「千人……！」

思わず瞠目してしまう。千人もの客をもてなすのは、並大抵のことではないだろう。改めて、茶道の世界はすごいと感じた。

ちなみに、初釜はまだ続いているらしい。理人はその関係で、地方に行っているようだ。

「なんだか、すごい世界です」

「一年に一度の行事ですからね。若様は毎日堅苦しい世界で過ごされているので、河野さんのチョコレートが食べたいと、ぼやいておりました」

「そうだったのですね」

「若様が河野さんに初めてお会いした時、お土産にいただいたパレットショコラ、でしたっけ？　あれも、帰りの車ですべて食べてしまって」

「小さな子どもみたいですね」

「ええ、そうなんです。ありがたいなと、私は思っているのですよ」

茶道の世界は厳しい。毎日、背筋をしゃんと伸ばし、客をもてなさなければならない。そんな中で、童心に返れるチョコレートは理人にとって息抜きでもあるようだ。

「中でも、河野さんのチョコレートは特別です。一粒食べるだけで、元気になられるようです」

「光栄です」

ショコラティエール冥利《みょうり》に尽きる言葉だろう。他にも、麗子のチョコレートを心待ちにしている人がいるという。

「河野さんのチョコレートのファンだった『ララ・オランジェット』の常連様向けに、情報を配信するSNSのアカウントを作りたいと思っているのですが、よろしいでしょうか？」

「私のチョコレートのファン、ですか？」

「はい。『ルミのチョコレートファンブログ』はご覧になりましたか？」

「あ、いえ、まだ」

「さようでございますか」

なんとなく、自分のチョコレートの評価が書かれていると聞いて、怖くて覗けずにいたのだ。

「その、ルミのチョコレートファンブログに河野さんのチョコレートについての記事が上がったところ、コメント欄に行方を知りたいというメッセージが千件ほど殺到したようで」

「は、はあ、そうだったのですね」

以前も麗子のファンがどうこうという話を聞いていたが、まったく実感がない。

「それにしても、個人のブログにコメントが千件も付くなんて、すごいですね」

「ええ、本当に。月間で百万アクセスもある、チョコレートファンの中で有名なブログですよ」

ブログで取り上げられると店の売り上げも上がるので、業界の中でも名を馳せているブロガーらしい。ギルバートはタブレットを操作し、見せてくれた。

「こちらになります」

「な、なるほど……」

トップ画像は、金髪を縦ロールにした碧眼の美少女がチョコレートを摘まんでいるイラストがあり、キラキラしたフォントで『ルミのチョコレートファンブログ』と書かれている。

最新記事は、京都にあるショコラトリーが紹介されていた。

「福岡……北海道……愛媛……全国のショコラトリーを網羅しているのですね」

「ええ。そうみたいです。十年も続いているので、情報には信憑性があるようですよ」

「へえ、十年も」

記事の中には『ララ・オランジェット』の季節限定のチョコレートを取り上げた記事もあった。日付は一昨年である。

「あ、これ、私が考案したチョコレートです」

「おや、そうでしたか」

「はい。そういえば、このチョコレートの売れ行きが急によくなった時があったんです。ブログの効果だったのですね」

星の数でチョコレートの満足度を評価する欄があり、麗子のチョコレートは星五つだった。

「たしか、星五つはその記事だけだったようです」

「そうだったのですね。光栄といいますか、なんといいますか」

そのチョコレートは長野県産のリンゴを使ったもので、チョコレートにドライアップルを混ぜ、ほんのりとさくらんぼのリキュールを利かせた一品だった。『ララ・オランジェット』の中でも評判がよく、売り上げもよかった。可能であれば、通年販売したいという話が出たものの、採れたてのリンゴをすぐに乾燥させ三日以内にチョコレートに加工したものしか甘いリンゴの風味が出なかったのだ。クオリティの維持が難しいという理由で、冬季限定のチョコレートになってしまった。

「そういう事情があったのですね」

「ええ、そうなんです。でも、嬉しいですね。こんなふうに、記事にしていただけるなんて。もしかして悪いことを書かれているのではと思って、見に行けなかったのですが」

「ルミはチョコレートの悪口は言わないんですよ。チョコレートを心から愛しておりますので」

「そうだったのですね」

ブログに取り上げられたら、チョコレートファンの中で話題になるため、うちの店を紹介してくれと依頼するショコラトリーもあるらしい。そのため、ブログの下部に「紹介依頼はお断りします」という一文が書かれていた。

「人気ブロガーも、大変なんですね」

「みたいです」

ネットの情報拡散力は効果抜群のようだ。

「あの、私だけの情報発信ではなく、『浅草ちょこれいと堂』の宣伝アカウントとかにしませんか？　お客様に知ってほしいのは、あくまでもお店やチョコレートのことですから」

「ああ、そうですね。そのほうが、いいかもしれません」

まずはサイトを開き、そのあと公式SNSを三種類ほど開設する予定だという。

「三種類も、ですか」

「ええ。情報は多いほうがいいと思いますし」

「ですかね」

アカウントの運営は、ギルバートが一人でするようだ。

「手伝えることがあったら、私も協力しますので」

「ありがとうございます。河野さんにそのようにおっしゃっていただけて、心強いです」

心強いと言われたが、麗子はSNSについての知識はからっきしである。

一方、ギルバートはタブレットのタッチが恐ろしく速い。先ほどから、有名ブロガーや話題になった呟きなどを紹介してくれている。麗子より使いこなしているように思えた。

手伝う前に、いろいろと勉強しなければならない。

「と、もうこんな時間ですね。すみません、長くなってしまって」

「いえいえ」

気が付いたら、二時間ほど話していた。

「お預かりしたチョコレートは、明日、若様に渡しておきますので」

「はい。よろしくお願いいたします」

ギルバートと別れ、麗子は看板を見るために浅草へ向かった。

◇◇◇

浅草で新しい看板を確認してから帰宅する途中に、思いがけない人物と出会う。

「あれ、河野さん？」

「え？」

コツコツと高いヒールを鳴らし、手を振って近寄って来る女性に心当たりはなかった。

年頃は麗子と同じくらいか。モカ系に明るく染めた髪を巻き、上品なベージュのコートを纏った綺麗な女性だ。

麗子が頭上に疑問符《はてな》を浮かべていると、自ら名乗ってくれた。

「私、紗香！　太田紗香。覚えている？」

「あ、ああ……太田さん」

太田紗香——専門学校で一緒に勉強したショコラティエールである。

留学の際、ベルギーに行きたかった麗子に、行き先をフランスと交代してくれと懇願してきた話は、つい一ヵ月ほど前に思い出したばかりだ。

彼女を前にすると専門学校時代の苦い記憶が甦り、麗子は複雑な気分になる。

しかし、相手は気にすることなく、どんどん話しかけてきた。

「変わっていないから、すぐに気づいちゃった」

「そうかな」

「そう！」

麗子のことが懐かしかったのか、紗香は一人で喋り続ける。

「立ち話もなんだから、そこの喫茶店に入らない？」

「あ、うん」

正直乗り気ではなかったが、断るのも大人としてどうかと思った。NO《ノー》と言えない麗子は、そのまま紗香に腕を引かれ喫茶店に入ることになった。

胃の辺りがモヤモヤと心地悪くなる。落ち着かない気分のまま、いきなり聞かれたくない質問がぶつけられた。

「去年、『ララ・オランジェット』のクリスマスケーキを注文したんだけれど、河野さんは辞めたって聞いてびっくりして」

「あ……うん。いろいろあって」

「あそこ、人気店でしょう？　もったいないよ」

「うん」

なぜか、責められているような気分になる。胃がしくしくと痛みだした時、スマートフォンのディスプレイが光った。メールを受信したようだ。映し出されたのは、『胡桃沢さん』

という文字。どうやら、理人からのメールのようだった。

その名前を目にした麗子は、理人から教えてもらった『和敬清寂』という言葉を思い出す。以前から紗香を苦手に思うあまり、失念していたのだ。

彼女にも、心を開き敬意をもって堂々と接しなければならない。そうでないと、相手も心を開いてくれない。

麗子は背筋をピンと伸ばして、紗香の目を見て話しかける。

「太田さんは、今何をしているの？」

「あ、私、一昨年結婚して、飯野《いいの》って名前なんだ。去年子どもが生まれて、いろいろ大変でさ」

「そっか。おめでとう。子どもさんも、一番手がかかるけれど、可愛い時期だよね」

「そうなの！　写真、見る？」

「いいの？」

「見て、見て！」

紗香の子どもは可愛らしく、思わず頰が緩んだ。

「今日は、旦那が子どもの面倒を見ていて、久々にオシャレして、高いヒールを履いて出かけたんだけど、すぐ子どもに会いたくなって……自由がない時は、思いっきり遊びたいって思っていたのに、不思議だね」

「一回離れてみて、大事なことが見える時もあるよね」

「河野さんも、そういうことがあるの？」

「あるよ。今がそう。一回、ショコラティエールを辞めたら、チョコレートを作ることが大好きなんだって、これまで以上に自覚して……」

「そう」

しばし、会話もないまま静かな時間が流れる。

窓の外では風が街路樹の葉を揺らしていた。落ちた葉を、さらに吹いた風がさらい、どこかへと飛んで行く。

ぼんやりと眺めていたらしだいに空が暗くなり、はらりはらりと雪が舞い始める。強い風が吹いたのか、淡雪は喫茶店の窓に張り付いた。目を凝らすと、雪の美しい結晶が見える。

季節は瞬く間に移ろいでいく。それと同じように、自分の気持ちもうちに秘めているだけでなく、変えていかなければならないのかもしれない。麗子は専門学校時代に感じていた気持ちと、改めて向き合うことができそうだった。

「河野さん、なんだか変わったね。こんなに、話しやすい人とは思わなかった」

「あ、うん。いろいろあって、変わりたいって思ったから」

自分は不器用だからと、人と関わることを避けていた。麗子のことをよく知る人はそれを「損」だと言った。でも麗子は別に、それでもいいと思っていた。

しかし、理人は麗子に言った。人と関わり、味方を増やすと「得」だと。

さらに、彼は『和敬清寂』という言葉を教えてくれた。

理人に出会ってから麗子は、目の前の靄《もや》が晴れ、視界が大きく広がった気がした。

「河野さんってさ、一匹オオカミっていうのかな。一人で凛としていて、群れないのがカッコイイってみんな言っていて」

「違う。人付き合いが、へたくそなだけ。本当は、みんなの輪の中に加わりたかったのかもしれない」

「そうだったんだ」

紗香はいつもみんなの輪の中心にいた。だから、仲間が麗子に一目置いているのが面白くなかったのだという。

「私が河野さんに何回か話しかけたの、覚えている？」

「……あったっけ？」

「酷い！」

紗香は麗子を輪の中に入れてあげようと、何度か遊びに誘ったらしい。

「一回目はバーベキュー、二回目はカラオケ、三回目は海水浴だったかな」

「全部苦手なやつだ」

「え、なんで⁉」

「賑やかなのが、苦手なんだと思う」

「どこだったら、遊んでくれたの？」

「図書館とか、映画館とか」

「中学生の遊び場じゃん！」

振り返ると、何回かクラスメイト達の行事に誘われたことがあったなと思い出した。プリントを手渡されたが、自由参加だと思い込んで不参加に丸をしていたのだ。

「あれ、来なかったの河野さんだけだったんだよ」

「そっか。それで私、嫌われてたんだね」

「誰も河野さんのことは嫌ってなかったから。ただ、近寄りがたいと思っただけで」

「……」

紗香は頬を膨らませ、麗子を睨む。

「どんなに河野さんが付き合い悪くて孤独を好もうが、だーれも悪口言わないの。ノリが悪いって言ったら、河野さんは一匹オオカミだからって。日本では、オオカミは絶滅してるっての！　オオカミなわけないじゃん！　って、そんな風に言ったら、私がおかしなことを言っているって責められて……」

麗子は我慢できず、ぷっと噴き出してしまった。

「笑いごとじゃないから！」

「ごめん。その通りだと思って……」

再び、会話が途切れた。窓の外を見ると、雪は止んでいた。窓に張り付いていた雪は、解けてなくなっている。

「私も、河野さんに謝らなきゃ」

紗香は頭を深く下げ、「ごめんなさい」と謝罪の言葉を口にした。

「私、ずっと河野さんを……嫌っていたわけじゃないと思う。きっと、ライバル視していたのだと思う」

とにかく単独行動を好む麗子の一挙一動が気に食わないのに、誰にも同意してもらえないことがストレスだったようだ。

「留学先を決める時、ベルギーを選んだ河野さんを、みんなが通だねって言っていたのが気に入らなくて、それで、フランスと交代してほしいってお願いしたの」

「そう、だったんだ」

「ごめんなさい。でも、行きたくもないのにベルギーに行ったから、罰《ばち》が当たっちゃったんだ」

ホームステイ先も、修業先の店も、環境は劣悪なものだったらしい。

「シャワーは壊れて冷たい水しか出ないし、ホームステイ先のお母さんは冷たかったし、修業を受け入れてくれたお店はほとんど機械化が進んでいて、技術らしい技術は学べなかったし。でもそれすら、河野さんのせいだって、八つ当たりしちゃって……。私、本当に性格が悪い」

一方、麗子はチョコレートの本場フランスでホームステイ先に温かく迎えられ、技術を学びジュリアンとも知り合った。

「河野さんの人生はイージーモードで、何をやっても上手くいくんだって。そんなことを考えていたら、ムカついて」

「太田さん、やっぱり私のこと、嫌いだったよね？」

「あ、そうかも。こうやってきちんと気持ちを整理してみたら気づいたけど、あの頃は、すごく嫌いだった！」

またしても、麗子は噴き出してしまう。

「太田さん、素直すぎる」

「こういうところがダメなの、私。どうしようもないくらい、我儘で自分のことしか考えられない」

「でも、太田さんも変わったと思う」

「え、嘘だ。旦那から、毎日性格悪いって言われてるんだけど」

「お子さんのこと、大事にしているでしょう？」

「大事にしていたら、こうやって一人で遊びに出かけていないよ」

「でも、気になって仕方がないでしょう？」

「それは……まあ。でも、私、正直に言うと、河野さんがお店を辞めたって噂を聞いたから、それを確かめるために『ララ・オランジェット』にクリスマスケーキを予約しにいったんだ」

知り合いだと名乗り、詳しい話を聞いたようだ。

「オーナーや筆頭ショコラティエとの折り合いが悪くなって辞めたって聞いて、正直『やっぱりダメだったんじゃん』って喜んだんだ。専門学校の同期で、ショコラティエールを続けていたのはは河野さんだけだったし」

紗香は専門学校卒業後、ホテルにあるレストランに就職した。そこで、今のご主人と出会い、結婚したようだ。

「礼奈《れな》と亜美《あみ》も結婚したし、鈴木《すずき》くんは転職して会社員をしてる。江藤《えとう》くんは海外に行って、コーディネーターしているんだって」

「そっか……」

みんな、キラキラとした瞳で「いつかは独立して店を持ちたい」と夢を語っていたが、チョコレート職人を続けることは難しい。

その現実は、麗子も『ララ・オランジェット』を辞めたあと痛感していた。

「きっと、河野さんは仕事がなくって、みすぼらしい服を着て一人で寂しく暮らしているんだって勝ち誇った気分になっていたのに、街で見つけた河野さんは背筋をピンと伸ばして歩いていて、オシャレな恰好しているし、専門学校時代より綺麗になっていて、ぜんぜんみすぼらしくは見えなかった。だから悔しくなって、仕事がない河野さんの話でも聞いてあげましょうって、声をかけたの」

「太田さん、それはちょっと……」

「いいよ、言っても。遠慮しないで」

「じゃあ、お言葉に甘えて——すっごく性格悪い！」

言い終えたあと、妙にすっきりとした気分になる。そして、なんだか笑えてきた。紗香も、つられて笑いだす。

「まさか、本当に言うとは思わなかった。旦那以外に、性格悪いって言われたの、初めて」

「私も、思っていることをそのまま人に伝えたのは、初めて」

「あはは……なんか、変な気持ち。泣けてくる」

紗香はポロリと、大粒の涙を零した。

「え？」

「ごめん……河野さんの言葉に、傷ついたわけじゃなくて……酷いのは、私自身だったんだって思ったら……」

彼女はずっと、自分自身に苛立っていたという。

「私、我儘で、自分の思い通りにならないといつも不機嫌になって……」

自分勝手にふるまっても、誰も咎めることはない。そんなことにも、傷ついていた。

「だから、感情を表に出さないクールな河野さんが、羨ましかったんだと思う」

「私は、いつも笑顔でみんなに囲まれている太田さんを、羨ましいなって見ていた」

「私達、ないものねだりをしていたのかも」

「そうだね」

モヤモヤと心の中に残っていた専門学校の記憶が、綺麗に浄化していった気がした。

それは麗子だけでなく、紗香も同じように思えた。

「再就職先は決まったの？」

「あ、うん。浅草に、新しくショコラトリーがオープンするんだけど」

「え、浅草にショコラトリー⁉」

「びっくりするよね」

東京でチョコレートの聖地といったら銀座だ。オシャレな店や有名店が、軒を連ねている。

一方、浅草にチョコレートのイメージはまったくない。

「和菓子っぽいチョコレートを売るの？」

「ううん、違う。普通のチョコレート。でも、店舗は純和風なんだけど」

「へえー、なんか、新しいね」

「どうなるのか、まったく想像つかなくって」

「浅草には、お饅頭とか煎餅とか、和菓子を求めに来る人がほとんどだろうからね」

はたして、東京の下町で『浅草ちょこれいと堂』は受け入れられるのか。

「いつオープンするの？」

「二月の半ばくらいかな。目標はバレンタインの日なんだけれど」

「暇ができたら、買いに行ってもいい？」

「もちろん。というか、お願いします」

麗子は深々と、頭を下げた。

いろいろ腹を割って話をするうちに、二人の間に流れる空気は柔らかくなった。

「河野さん、もしかしていい人ができたの？」

「え、いい人？」

「ごめん。ちょっとおばさんっぽい聞き方しちゃった。彼氏できた？」

飲んでいた紅茶を噴き出しそうになる。

「な、なんで？」

「女性が大きく変わるきっかけって、彼氏しかないと思って」

「違うから！」

「そんな強く否定して、怪しいー」

「本当に違うから」

このままでは誤解されたまま別れることになる。麗子は正直に白状した。

「浅草のお店のオーナーが茶人で」

「ちゃじん？」

「茶道家のこと。その人が、いろいろ教えてくれて」

「いろいろ教えてくれてって、怪しい関係なの？」

「太田さん、思考が飛躍しすぎ」

理人が教えてくれたのは、人生の味方を増やす方法だ。

「生きやすくなるための道というか……」

「茶道家って、そういうのも示してくれるんだ。そっかー。茶道を習っているんだ」

「いや、まだお稽古はしたことなくて」

「え、お茶を習っていないのに、生きる道を教えてくれたの？　やっぱり怪しい関係なんじゃん」

「一緒に仕事をしている人だから」

「またまたー。でも、茶道か。いいな。ちょっとだけ憧れる」

「太田さんも、習えばいいんじゃない？」

「簡単に言うけど、子持ちには週に一回のお稽古ですらハードル高いんだよ」

「子持ちの女性が通えるコースも考えるって言っていたから」

「そうなの？　だったら、行きたいかも」

ここで、麗子と紗香は連絡先を交換した。

「じゃあ、詳しい話を聞いたら、連絡する」

「うん、ありがとう」

紅茶を一口飲む。ホッと零れた吐息には、心地よさがにじんでいた。

その後、麗子は紗香と別れたが、「またね！」と言ってもらえたことが、何よりも嬉しかった。

◇◇◇

『浅草ちょこれいと堂』オープン半月前に、公式サイトが公開された。それを追うように、SNSのアカウントも作られる。フォロワーと呼ばれる情報を追ってくれる登録者の数は、一晩で千を超えた。というのも、チョコレートを紹介する人気ブロガーのルミが、記事にあげてくれたらしい。そのおかげで、サイトに問い合わせも入ってギルバートは早くも対応に追われているという。嬉しい悲鳴だ。

そして、二月十四日――バレンタインの日に『浅草ちょこれいと堂』はオープンした。

blog

ルミのチョコレートファンブログ

『ララ・オランジェットの初恋ラ・ポーム』

評価：★★★★★

こんにちは！　管理人のルミです。

今回は、お馴染み『ララ・オランジェット』の『初恋ラ・ポーム』を紹介します。

ちょっと変わった名前なんだけれど、ポームはフランス語でリンゴという意味。つまり、これはリンゴを使ったチョコレートなんだ。日本語で表したら、『初恋リンゴ』なんだけれど、名前を見ただけでどんな味なんだろうって気になるよね！

このチョコレートは長野県産の果肉に赤みがある珍しいリンゴを、ドライアップルにして細かく刻み、ビターなチョコレートに混ぜたものなんだ。

口に含むとビターチョコレートの苦みと、リンゴの酸味、それからほんのりキルシュの風味が残る。シャンパーニュとの相性はかなりよさそう。とっても美味しくって、あっという間に食べてしまったんだ。

なんていうか大人の味わいで、かなり硬派な雰囲気のチョコレートだと思う。なのになんで初恋なんだろうと思ったら、名前を付けたのはオーナーみたい。

先月、奥さんと離婚したんだってさ。きっと、奥さんが初恋で、離婚によって苦い思いをしたんだろうね。勝手な想像だけれど。

もちろん、このエピソードはオーナーに掲載許可を取っています。というか、載せてくれと言われました。なんでだろう、空元気かな?

チョコレートを作ったショコラティエールが考えた名前は、『冬の夜空』なんだって。

なんとなく、一人で冬の夜空を見上げた時の寂しさや、切なさをチョコレートから感じるかも。でも、食べていなかったら、なんのこっちゃって思うよね。

その辺は、『初恋ラ・ポーム』ってつけたオーナーは天才かも!

ちょっと私生活が滲み出ているけれどね……。

それは措いておいて、チョコレート自体は絶品なので、ぜひぜひ食べてみてね。

『ララ・オランジェット』のチョコレートを買って、離婚で傷心したオーナーを励ましてあげよう!

ちなみに、『初恋ラ・ポーム』は冬季限定。買うなら今しかない!


コメント欄は、『ララ・オランジェット』のオーナーに、励ましの言葉をよろしくね。　それでは、また!

コメント(345)トラックバック(2)

第四章　気持ちを込めたショコラ・ショー

ついにオープンした『浅草ちょこれいと堂』は、バレンタインという特別な日であることと、SNSの宣伝効果もあって、開店前にすでに行列ができた。

一人目の接客をするため、麗子も店頭に初めて立つ。客がキラキラした目でガラスケースの中を覗き込む様子を見ていると、胸がいっぱいになった。試食用のチョコレートに「美味しい」という感想をもらい、舞い上がるような気持ちになる。

ただ、感動に浸っている時間はない。『浅草ちょこれいと堂』のチョコレート職人は麗子だけだ。どんどん、在庫を作らなければならない。

気合いを入れて、麗子はチョコレート作りに励んだ。

麗子は厨房でチョコレートを作り、ギルバートと事務の吉田が販売員を務める。

行列ができていると、人は何を売っているのか気になってしまうのだろう。客が客を呼ぶような状態になっていた。

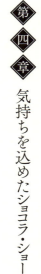

一番人気は、鹿児島県産の黒砂糖とタンカンを使った和風チョコレート、『南国石畳』である。

想定以上の売れ行きで、初日は完売だった。それは二日目、三日目と続いたが、一ヵ月目となると物珍しさの客も減った。

当然、閉店後にチョコレートが余ってしまう結果となった。ガラスケースを覗き込み、麗子は「はあ」と溜め息を落とす。

「河野さん。気落ちすることはないです。バレンタインはチョコレートがもっとも売れる日ですから、その日と比べてしまったら客足が落ちるのは当たり前ですよ」

「そうですよね」

売れ残ったチョコレートは、理人の知り合いの店が買い取ってくれる。売れ残っても無駄にはならないシステムとなっているものの、せっかく作ったチョコレートだ。看板を掲げた店で売りたいと思うのは、ショコラティエールの我儘なのか。

がっくりと落ち込む麗子に、ギルバートはタブレットを見せる。

「河野さんのチョコレート、いくつか記事になっているみたいですよ」

「え？　わっ、本当ですね」

手渡されたタブレットのディスプレイを覗き込む。そこには、新作チョコレート『南国石畳』についての感想が書かれていた。

美味しかったというシンプルな感想が、じわりと胸に染みわたる。その言葉を糧に、麗子は頑張ろうと自らを奮い立たせた。

◇◇◇

店の前の落ち葉を掃き、ほうと溜め息をつく。客が明らかに減っている。

ギルバートや理人は気にすることはないと言っていたが、本当に大丈夫なのか。

「まあ、辛気臭い」

声をかけてきたのは、以前麗子に忠告してくれたおばさんだ。今日は籠に買い物袋をたくさん詰めた自転車を引いている。

「おはようございます」

「もうお昼過ぎだから、こんにちはのほうがいいわね」

「で、ですね、こんにちは」

「ええ、こんにちは」

ぼんやりしていたからか、太陽が真上に位置していることにも気づいていなかった。

「やだわ。暗い顔をした職人がいる店なんて、誰がそこの商品を買いたいと思うのかしら」

「ええ、そうですね」

おばさんは土足でずかずかと踏み入るように、遠慮のない言葉を麗子にぶつける。

しかし、その言葉はどれも本当のことだった。店の前にいるのに、暗い顔なんてしていたら縁起が悪い。『笑う門には福来《きた》る』という言葉があるように、人が通りかかって目があえば微笑みかけるくらいの余裕がないといけない。考え事をしていたので、つい気が抜けていたのだ。

「この店、オープンした直後は盛況だったみたいだけど、ここ最近はぐっとお客さんが減ったわね」

「ええ、そのことを、悩んでいたのです」

「悩む、ですって？　当たり前じゃない。一粒二百円、三百円もするチョコレートなんて、庶民には贅沢ですもの」

「あ……チョコレート、買ってくださったのですね。ありがとうございます」

「偵察よ。偵察。まあ、味は悪くなかった。スーパーのチョコレートとは違って、特別感があったわ。でも、毎日食べるようなものじゃないわね」

「そう、ですよね」

「あなた達は、周りが見えていないの。みんな、浅草には日本を感じにきているんだから」

言い返す言葉が見つからない。

外国人観光客は、『浅草ちょこれいと堂』の外観には興味を持つものの、店内を覗き込んで売っているのがチョコレートだと分かると回れ右をしてしまうのだ。

「言いたかったのは、それだけ。おせっかいだと思って黙っていたけど、あなたがあまりにも、暗い表情をしていたから」

「すみません。まったく、気づいていなくて……」

「表情と感情は繋がっているものだから、意識しておいたほうがいいわ」

「はい、ありがとうございます」

言いたいことを言って、おばさんは去って行った。その後ろ姿を、麗子は見送る。

先ほど言われたことは、ぐうの音も出ないほど正論であった。

周囲が見えていないと言われれば、その通りだと思う。

家で練習した接客用の笑顔は、まったく役に立っていなかった。きっと、忙しさに追われ心に余裕がなくなっていたのだろう。

少し、気分転換をしたほうがいい。

麗子はギルバートに許可をもらい、昼休みを使って浅草の街を見に行くことにした。

浅草といったら、浅草寺である。特に雷門の前は記念撮影のスポットとなっており、平日なのにすごい人混みだ。ふんわりと甘い香りに誘われるように本堂に続く仲見世通りに入ると、土産物屋が軒を連ねている。

揚げ饅頭屋の前には、人だかりができていた。これほどに、観光客を熱中させる揚げ饅頭とはどんな食べ物なのか。麗子も列に並んでみた。

味は数種類ある。定番のあんこに、黒ごま、抹茶、カボチャ、カスタードなど。

どれにしようか迷ったが、定番のあんこに決める。

お金を払って紙で挟んだ揚げたての饅頭を受け取る。

饅頭という完成された菓子にさらに手を加えるなど、邪道ではないかと、麗子は猜疑心たっぷりだった。しかし、一口食べた瞬間、その気持ちはきれいさっぱりなくなった。

外の衣はカリカリと香ばしい。饅頭の皮のふかふか感にいきついたあと、あんこの優しい甘さで満たされる。油で揚げることにより、甘さが豊かになるのか。普通の饅頭よりも、あんこの味を感じた。

饅頭は揚げることによって、また違った菓子となる。観光客を魅了する理由を、麗子は実際に食べることによって初めて理解した。

その後、ペットボトルのお茶を買い、ぼんやりと道行く人達を眺める。

観光客の手には、団子があり、饅頭があり、煎餅があり、人形焼きがある。みんな、食べ歩きを楽しみつつ、観光をしているようだ。

食べ歩き――気軽に食べられて、楽しめる。浅草の街を散策するにあたって、外せない要素なのだろう。これを、どうにかして『浅草ちょこれいと堂』に取り入れることができないだろうか。

やっと掴んだアイデアの欠片を胸に、麗子は店に戻った。客がいないので暇を持て余しているギルバートが出迎えてくれた。

「河野さん、お帰りなさいませ」

「ただいま戻りました」

「何か、いいことでもありましたか？　なんだか、楽しそうで」

「ええ、そうですね。あとで、お話しします」

閉店後、麗子は浅草寺に行って仕入れたネタを、ギルバートに話してみた。

「なるほど。食べ歩き、ですか」

「ええ。何か、この店でも気軽に食べ歩きできる商品をと思いまして」

思い浮かんだのは——チョコレートの入った人形焼きにたい焼き、たこ焼きならぬチョコレート焼きなど。

「そういうの、外国人観光客は好きそうですよね」

「ええ、そうですね」

「やはり、食べ歩きの醍醐味は、作りたてにあると思うんです。作っている時の匂いも、集客に繋がるかと」

食べ歩き用の商品を売るとしたら、店頭で調理する必要がある。でないと、チョコレートの香りが道行く観光客に届かないからだ。新たな設備も必要となるだろう。

麗子はチョコレート作りをしなければならないので、厨房を離れるわけにはいかない。そうなると、ギルバートが接客をしつつ作ることになる。

「テイラーさんの負担が大きくなりますね」

「それは構わないのですが、人形焼きやたい焼きなどの生地を焼く技術は職人技です。それを会得するには、修業に出なければならないのでは？」

「そ、そうですよね……」

人形焼きやたい焼きのふかふかでしっとりとした生地は、素人が一朝一夕で作れるものではない。

やはり、チョコレート専門店が食べ歩きのメニューを作ることは難しいのか。

二人で頭を悩ませていると、理人がやってきた。

「ただいま」

「おかえりなさいませ、若様」

「ギルバート、僕はもう疲れたよー」

「お疲れ様です」

今日は要人を招いての、茶事だったようだ。茶会と違い、懐石料理を食べる茶事となれば、昼に始まって終わるのは夕方となるらしい。

理人は空ろな目をしていたが、ガラスケースのチョコレートに視線を向けると分かりやすいほどにキラリと瞳を輝かせる。

その様子を見ていたら、張り詰めていた心も安らいだ気がした。

「ここにあるチョコレート、ぜんぶください！」

「若様、大人買いはいけません」

「ええ、なんでー。お金はいくらでも出すから」

「今日はもう、大野《おおの》さんのカフェに買い取ってもらうよう、連絡しましたので」

「そんな！　今日一日、麗子ちゃんのチョコレートを食べることを楽しみに頑張っていたのに」

再び、理人の目は空ろになる。ぐったりとガラスケースに身を預けていたら、ギルバートから「指紋がつきますよ」と注意されていた。

「ギルバート、厳しい」

「経営者だからといって、特別扱いはできないのです」

「うう……」

理人は悲しそうに、ガラスケースの中を見つめていた。なんだか可哀想になる。

冷蔵庫には、チョコレートがあるにはあるが、それは明日売るチョコレートなので渡すわけにはいかない。

すぐに作れるチョコレートといったら、一つしかない。

「あの、胡桃沢さん。『ショコラ・ショー』でよかったら、作りましょうか？」

ショコラ・ショーとは、以前ギルバートと一緒に飲んだチョコレートドリンクである。今の寒い時期にピッタリの一杯だ。

「え、いいの⁉」

「はい。試作品用の材料が余っていますので、そちらで作りますね」

「やった！」

ショコラ・ショーはフランス留学した時に習った本場の味だ。麗子は理人への感謝の気持ちを込めて作ることにした。

使うのは、ビターチョコレート。製菓用の、クーベルチュールチョコレートを使う。

ミルクパンに牛乳を入れ火にかける。沸騰するまえにミルクパンを火から下ろし、チョコレートを入れてじわじわ溶かしていく。最初は木べらで優しく。ある程度溶けたら、ミルクホイッパーを使って混ぜるのだ。すると、口当たりがなめらかな本場フランス仕込みのショコラ・ショーが完成する。

ミルクパンから、カップにショコラ・ショーを優しく注いだ。

理人はギルバートが用意したらしいパイプ椅子にぐったりと項垂れた状態で座っている。

しかし、麗子がショコラ・ショーを持ってくると、すぐさま立ち上がった。

「うん、いい匂い」

「本当ですね。店内がチョコレートの香りで満たされています」

まずは理人に手渡し、続いてギルバートにも渡した。

「わたくしめの分まであるなんて、嬉しいです」

「お口に合えばいいのですが」

理人はショコラ・ショーが入ったカップを手で包み込んでいる。まるで、大事な物を持つように。

「ああ、温かい。それに、甘い香りがする」

「今日は、特に冷え込みましたね」

「うん。こんな日に着物なんて、凍ってしまうよ。スキー用のウェアを着たいくらい、寒かった」

「ショコラ・ショーを飲んだら、体が芯から温まりますので」

「そうだね。いただきます」

理人はカップに口をつけ、ショコラ・ショーを飲む。すると目を細め、心からホッとするような表情を浮かべた。

その瞳は、チョコレートが溶けて艶が出た時の色合いに似ていた。理人の雰囲気は一変し、甘く香り立つような色気が漂う。

やはり、チョコレートを口にしたら雰囲気が変わるようだ。

目が合って恥ずかしくなったが、質問をして照れ隠しをする。

「あの、いかがです？」

理人は艶やかに微笑みながら言った。

「よい、お点前で」

それは、茶道で茶を飲んだあとに言う言葉だ。もしかして、ショコラ・ショーの作り方を見ていたのでそんなことを言ったのか。ふと、疑問に思ったので質問してみる。

「胡桃沢さん、ショコラ・ショーの作り方、ご存じか、見ていらしたのですか？」

「え、なんで？　知らないし、見てないけど」

「そうなんですね。実は、そのショコラ・ショーはお茶を点てるように、かき混ぜるのですよ」

「あ、そうだったんだ。なるほど！」

茶道の茶を飲む時に感じるような豊かな香りと、なめらかな味わいがあったので理人は

「よい、お点前で」と評したようだ。

ここで、麗子はピンと閃く。その瞬間ぶわりと鳥肌が立った。

勢いよくギルバートのほうを振り返り、浮かんだアイデアを伝える。

「テイラーさん、これ、ショコラ・ショーを店頭で売るのはどうでしょう？」

「私も今、同じことを考えていました」

「お抹茶のようにショコラ・ショーを点てたら、きっと外国の方も喜びそうです」

「いいですね！」

「え、何？　なんのこと？」

一人蚊帳《かや》の外《そと》状態だった理人に、麗子は事情を説明した。

「――というわけで、食べ歩きができるメニューを考えていたのです」

「そういうわけだったんだね。そっか。ショコラ・ショー、いいかもしれない」

ショコラ・ショーはチョコレートの分量と混ぜるタイミングを見誤らなければ、短時間で作れる。紙コップなどは必要になるが、使っていなかったテイクアウト用のスペースを使えば、新たに工事したり、設備を導入したりする必要がない。

「胡桃沢さん、もしかしたらゆっくり飲みたい方もいるかもしれないので、店の中か外に、ちょっとしたイートインスペースを作れたらいいなと思うのですが」

浅草の街を歩いていると、のんびり椅子に座って饅頭や煎餅を食べている観光客も多かった。

「店頭に時代劇の串団子屋っぽい雰囲気で椅子を用意したら、観光客も喜ぶかも？」

次々と、アイデアが湧いてくる。

きっかけは、昼間にやってきたおばさんの言葉だった。きつい物言いだったけれど、それは麗子自身だけではなく『浅草ちょこれいと堂』にも変化をもたらした。麗子は「感謝しなくてはならないいな」と独りごちた。

◇◇◇

ショコラ・ショーの提供は、十日後に実現した。ギルバートが茶筅を使って作る。見た目は完全に、茶道そのものだった。

テイクアウト用の窓を少しだけ開け、ショコラ・ショーを作るとチョコレートの芳醇な香りが周囲に漂っていく。

観光客はギルバートが何か作っているのに気づき、近寄ってくる。さらに茶を点てるようにショコラ・ショーを作る様子を見せることで、釘付けにしようという作戦だ。

作戦は見事大成功。食べ歩きならぬ、飲み歩き用のショコラ・ショー売り場は列ができ、店内にも客が流れ込んできてチョコレートを買っていく。

並んでいるのは観光客だけでなく、地元の人もいるように思えた。

ギルバートは手が離せなくなったため、事務と経理の二人が接客を手伝ってくれた。麗子も店の奥で、ショコラ・ショー作りを行う。

仕事から戻ってきた理人も、着物に襷《たすき》をかけて接客を手伝ってくれた。

「スイスから来た観光客が、僕を見てサムライだって喜んでいたよ」

「サムライ、ですか」

「オーストリアからきた子どもには、ニンジャだって指差された」

理人は否定せず、笑顔で接客をしていたらしい。そういう朗らかなところは、彼のいいところだろう。麗子も真似したいと思う。

「しかし、案外うまくいっていますね。チョコレート作りの合間にショコラ・ショーを作る作業の繰り返しでしたが、お客さんも待ってくれますし、自分のペースは崩さずにできているような気がします」

「河野さんのお手を借りる結果となり、申し訳ないのですが」

「いえいえ。私のほうこそ、テイラーさんの仕事を増やしてしまって」

「とんでもないことでございます。ショコラ・ショー作り、なかなか楽しいです」

「だったら、よかったです」

ギルバートと麗子は協力して、ショコラ・ショーの提供を行っている。

「なんだか、ギルバートが『亭主』で、麗子ちゃんが『半東《はんとう》』さんみたいだね」

「えっと、胡桃沢さん。それはどういう意味ですか？」

「亭主は、茶会や茶事でお茶を点てる人。つまり、パーティーのホスト役だね。半東は亭主のお手伝いをする人なんだ。たとえば、お客さんにお菓子を出したり、亭主が点てたお茶をお客さんに持って行ったり。それから、招待客が多い時は、亭主の代わりに水屋《みずや》でお茶を点てて、お客さんへ持って行くんだよ」

「それが半東、ですか。水屋とは？」

「茶道においての、台所みたいなところかな」

「なるほど」

「本来ならば、河野さんが亭主の立場なのですが……恐縮です」

「いえいえ」

思いがけず、ショコラ・ショーが店の起爆剤となった。

◇◇◇

理人の茶道教室は順調な滑り出しを見せているらしい。サイトで予約を受け付けているのだが、連日満員御礼だという。

店の定休日の今日、麗子は紗香と共に『子どもと参加できる茶道教室』に参加することとなった。

駅前で待ち合わせをしていたが、すぐに発見した。

「太田さん、久しぶり」

「うん、久しぶり！」

以前会った時は、フェミニンなベージュのコートに踵の高い靴だったが、今日は動きやすいダウンコートにパンツ、スニーカーを履いている。

子どもはベビーカーで眠っていた。

「ベビーカー、もしかして地下鉄の階段を持ち上げてきたの？」

「うん。子どもはおんぶ紐で背負って、ベビーカーはせっせと運んだよ」

「言ってくれたら、改札まで迎えに行ったのに」

「大丈夫。慣れているから」

おんぶ紐のままの移動だと紗香自身の負担が大きいので、なるべくベビーカーを使うようにしているらしい。

「うちの子、おんぶじゃ眠れないから、助かってるんだ。ベビーカーは慣れたら重くないよ」

「そ、そっか」

母は強し。麗子はしみじみ思う。

紗香の子どもは頬がふくふくしていて、肌つやもよい。寒くないよう、ふわふわの帽子を被っていた。

「お子さん、可愛いね」

「そうでしょう？　流れるに星って書いて、シューティングスターって読むの」

「え、嘘⁉」

「そう、嘘。本当の名前は優秀の秀に人って書いて秀人《しゅうと》君だよ」

「案外、普通の名前！」

「河野さん、最初に言った名前、本当だって信じかけてたでしょう？」

「あ、いや……ごめん」

「みんな信じるんだよ。引きつった顔で、そうなんだー、個性的な名前だねってさ」

子どもの命名をしたのは紗香ではない。彼女も例にもれず、個性的な名前を付けようとしたのだが夫に強く反対されたらしい。

「この子は六月生まれだから、私は雨男って書いてレインって読ませたかったの。でも旦那が、そんなペットみたいな恥ずかしい名前を付けるな、お前が雨女と書いてレインって改名しろ！　とか言って怒り出して」

「前も思ったけれど、太田さんの旦那さん、容赦ないよね……」

「そうなの！　酷いでしょう？」

だが、そのおかげで子どもはいい名前を付けてもらった。将来、秀人は父親に心から感謝するだろう。

「太田さん、ベビーカー押そうか？」

「大丈夫。他の人が押すと、不機嫌になるから」

「繊細なんだね」

「それと、太田さんじゃなくて、今の名前は飯野だから。茶道教室は飯野で申し込んだのに、太田って呼んだら周囲が混乱するでしょう？」

「そうだね。つい、専門学校時代のクセで」

「名前だったら、ずっと変わらないから紗香でいいよ」

「分かった。私も、名前でいいから」

「じゃあ、麗子って呼ぶね」

「うん」

「じゃあ、紗香って呼んでみて」

「え、今？」

「そう今。でないと、無意識に太田さんって呼びそうで」

「う……分かった」

麗子は普段から、他人を下の名前で呼ぶことはないので緊張してしまう。でも、勇気を出して呼んでみた。

「さ、紗香」

「はーい。よくできましたー。いい子ですねー」

「……」

紗香は背伸びをして、麗子の頭を撫でる。二十四歳にして、初めて「いい子、いい子」をされてしまった。

「麗子、面白い顔をしている」

「どんな顔？」

「恥ずかしさと、呆れの中間くらいの顔」

「想像できない」

「今度、鏡で自分の顔を見てみるといいよ。面白いから」

そんな他愛のないことを話しつつ、浅草の街を歩いていく。

「私、浅草って、初めてかも」

「紗香は学生時代は渋谷に通って、大人になってからは銀座通いって感じがする」

「正解！　あー、浅草には小学生の時に社会科見学には来たかも。お煎餅屋さんとか」

「お煎餅焼いているの、見るの面白いよね。香ばしいいい匂いもするし」

「えぇー、私は退屈だったな。匂いも、お婆ちゃんが好きそうな感じ」

「私達、趣味合わないね」

「うん、ぜんぜん合わない」

合わないけれど、こうして二人並んで歩いている。しかも、専門学校時代はずっと苦手だと思っていた人とだ。これは奇跡的なことだろう。

「茶道の先生って、やっぱりお爺ちゃん？　それともおじさん？」

「あれ、言っていなかったっけ？　胡桃沢さんは、三十歳だよ」

「へえ、意外と若いんだー。でも、茶道家って名乗るくらいだから、黒縁眼鏡をかけて、七三分けにした、お堅そうな人っぽそう」

「それは、見てからのお楽しみで」

「麗子とは、お堅い者同士、気が合いそうだね」

「どうだろう？　今でも遠い存在だと思ってるよ」

「またまた。実は、彼氏ですなんて紹介されても驚かないから」

「だから、違うってば」

紗香はすぐに恋愛と結びつけるから困る。そんなことを思いながら、麗子は眉間の皺を指先で解しつつ『浅草ちょこれいと堂』へ向かった。

「わー、これが噂の浅草チョコレート屋さん！　今日はお休みなんだ。残念！　看板のちょこれいとの文字が、達筆でカッコイイね！」

「うん、ありがとう。営業時間は十時から、十七時まで。月曜日と木曜日は店休日」

「覚えられないから、あとでメールで送って」

「分かった」

茶道教室は、店舗の裏手にある茶室で行われる。参加者は三十分前に集合して、店舗の一階部分にある休憩室で待つのだ。

店の横の路地に入ると、引き戸の前にギルバートが立っていた。

「いらっしゃいませ。飯野様と河野さんですね。こちら、靴を履いたまま、まっすぐ行った先にある待合でお待ちくださいませ。ベビーカーは寄付《よりつき》にてお預かりをしております」

寄付というのは、茶会に招かれた客が最初に立ち寄る場所を呼ぶ。気を抜いていると、いろんな専門用語が飛び出してくる。そのたびに、麗子は質問していた。

紗香はギルバートの存在に度肝を抜かれたようで、麗子に「セバスチャンがいるよ」なんてことを囁いてくる。ひとまず無視して、ベビーカーにかけてある哺乳瓶などが入った袋を持ち上げた。

紗香はギルバートに質問する。

「あの、お茶している間、子どもは本当に預かってくれるのですか？」

「ええ。資格を持ったスタッフが責任をもって預かりますので、ご安心を」

「そっか。よかった」

茶道は湯を使うため、幼い子どもを茶室には連れて行けない。その代わり、保育士の資格を持ったスタッフが預かってくれるのだ。

普段、麗子やギルバートが休憩室として使っている部屋に入ると、中にはすでに二人が座っていた。二十代前半と、三十代半ばくらいの女性である。二人共紗香同様、ラフな恰好をしていた。

知らない人を前にして麗子の緊張感も高まった。だが、和敬清寂の心を思い出し、相手を恐れるという感情を抑える。

「あ、どうもー」

そんな麗子の思いをよそに、紗香は気軽に挨拶している。二人とも、それに、笑顔を返してくれた。

人見知りする麗子とは違い、紗香は初対面の相手でもフレンドリーに接する。相変わらず、羨ましい性格をしていると心から思った。

待合には子どもが遊べるスペースが作られ、絵本やおもちゃが豊富に用意されていた。

保育士の資格保持者は、二階で働いている事務と経理の二人だった。採用の条件に保育士の資格保有者という項目があったようだ。

紗香は笑顔で子ども達を見つめている。

「あはは、可愛い」

遊んでいるのは、四歳くらいの女の子と、二歳くらいの男の子だ。母親同士、自己紹介をし合い会話も弾んでいる。

「希来里《キラリ》ちゃんに、英雄《ヒイロ》君ね」

今風の名前の子どもの中に、秀人が交ざる。

「秀人ー、お姉ちゃんとお兄ちゃんと、仲よくしておくんだよ」

人見知りしない子達のようで、自由気ままに遊び始める。

「あ、私は飯野です。あっちのボーイッシュなのは独身の河野麗子」

なぜか麗子だけ、フルネームで紹介される。しかも、独身という余計な情報付きだ。苦笑しつつ、会釈をした。

他の参加者と話をしてみると、やはり育児と家事で手一杯で趣味の時間などないに等しいようだ。

「私、栃木出身なんですが、親戚もいないし、保育園も空き待ちで。毎日まったく自由がないなかで、こうして子どもを預かってもらって、茶道に触れることができるなんてありがたいことだなって」

「分かります！」

二十代前半の女性がそう言うと紗香が共感の声をあげる。

みんな普段はコーヒーの一杯ですら、淹れる暇などないらしい。

「子どもは、一瞬でも目を離すことができませんから」

「何するか分からないからね。トイレすら、安心して行けないから」

トイレの扉を閉めると泣くので、開けたままする時もあると聞いて麗子は驚く。

「子育てってすごいでしょう？　一緒にお風呂に入っていると、シャンプーの時ですら目を閉じられないから」

自分のことは後回しにして、身を粉にしつつ、日々を乗り切っているのだという。

母親トークに、紗香は深く頷きながら、今回参加した理由を語った。

「私も。ホッとできる時間が欲しくて、参加したんですよ」

他の母親二名はこくこくと頷いていた。どうやら、母親業というのは非常にハードな仕事らしい。子どもがいない麗子には、まったく想像もつかない。

ただ、麗子の母も同じように、自分の時間を犠牲にして育ててくれたのだと思うと、母親への感謝の気持ちが、じわじわと胸に沸き上がる。

話は尽きなかったが、あっという間に茶会の時間となった。

「麗子、扇子、百均のやつなんだけど大丈夫？」

「本当は大丈夫ではないけれど、今回に限っては大丈夫だと思う」

「そっか。よかった」

小声で会話しながら、ギルバートの案内で玄関から路地に出た。

屋根瓦が取り付けられた塀に沿って歩き、木製の引き戸を開く。すると、立派な赤松の木が出迎えてくれた。

桃の花の蕾が膨らんでいる。麗子はささやかな春を感じた。

この先に、何があるのか。だんだんと、緊張してきた。

ドキドキと逸る胸を押さえつつ、慎重な足取りで庭を進んでいった。

大きな庭ではないが中心にある池には鯉が泳ぎ、整えられた白砂が雅な気持ちにしてくれる。

美しい日本庭園の奥に、小さな茶室が見える。

「あれが、茶室？　なんか、時代劇に出てくるお団子屋さんっぽい。それか、観光地のトイレっぽいデザイン……むぐぐ！」

麗子は紗香の口を塞いだが、遅かった。ギルバートは苦笑しつつ、案内を続けてくれる。

「こちらの椅子が、腰掛待合になります」

庭を眺めながら、亭主の迎え付けを待つ場所らしい。

「茶席の準備が整うと、亭主が出てまいりますので、無言で挨拶を交わすのです」

物音がし、そちらへ視線を向けると、理人が茶室から出てきた。

いつものぽややんとした雰囲気とは違う。凛々しくて、きちんとした大人の男性に見えた。

このギャップはなんなのか。何回目の当たりにしても、慣れることはない。

背後から、奥様方の溜め息が聞こえる。今日の理人は、黒い着物に羽織とシックな装いだからそれも無理はない。彼は茶道界のイケメン御曹司なのだ。参加者に淡い微笑みを向け、無言で一礼した。ギルバートも同じように返すので、麗子達もそれに倣う。

「茶室に入る前に、こちらで手と口を清めます」

柄杓《ひしゃく》の持ち方、手や口の清め方もいろいろあるらしいが、今回は省略。各々、清めて行く。

ここでようやく、茶室の中へと入れるようだ。

「続きまして、こちらは『躙り口《にじ》』と呼ばれる、お客様専用の出入り口となります」

「ええっ、ちっさい！」

ギルバートの説明に、紗香は目を丸くして、驚いていた。

茶室の下部にある躙り口は、高さが約六十七センチ、幅が六十四センチと、大人一人がしゃがんで入れるくらいの大きさしかない。

これは、有名な茶人千《せんのり》利休《きゅう》が考案したものだそうだ。どんな身分であっても姿勢を低くして手を突き中へと入る、茶室の中では、誰もが平等。そんな想いが込められていたのかもしれない。

「千利休が生きていたのは、武士が刀を差していた時代です。何かあったら、斬られてしまうというのが当たり前だったのでしょう。そのため、茶室に刀を持って入ることは禁止されていました。命の心配をすることなく、ホッとできる場を提供したかったのでしょうね」

戦乱の世にホッとできる場を提供した千利休のように、理人は慌ただしい毎日を過ごす主婦や社会人にホッとできる瞬間を提供したかったらしい。

「みなさまも、楽な気持ちでお入りください」

それからもう一つ、躙り口をつけた理由を説明するのに、ギルバートは川端康成《かわばたやすなり》の小説、『雪国』を例に出す。

「『国境の長いトンネルを抜けると雪国であった』。それと同じように、躙り口を抜けた先には、思いがけない世界があるんです。それを目で見て、心で感じていただきたいなと」

紗香が「はー……」と深いため息を吐いたあと、余計なことを言いそうな雰囲気を感じたので、麗子は一歩前に出てギルバートに質問する。

「あの、中への入り方を教えていただけますか？」

「ええ、もちろんです」

躙り口の下に、『踏み石』と呼ばれる石が置かれている。

「まずは踏み石の上にしゃがみ込み、戸を開きます。続いて、扇子を先に中へと入れるのです」

扇子が結界代わりとなり、自分の領域であるのだと主張するのだという。そのあと、茶室の中を窺い、問題ないようだったら中へと入る。

「入り方は――両手の拳を軽く握り、親指だけを畳に突いて頭から中へと入ります」

誰が先に入るか、視線での牽制が始まった。結局、麗子が最初に入ることになる。

まず結界である扇子を畳の上に置き、中の様子を窺う。無人だった。あまりキョロキョロしてはいけないのだが、今日ばかりは許されるだろう。

そこからどう動けばいいのか。迷っていたらギルバートが声をかけてくれる。

「躙る、というのは膝を使い、少しずつ動くことを示します。普段、使うことのない動きなので難しいでしょうが」

「がんばります」

ギルバートに教わった通り、握り拳を畳につき親指で畳を押すようにして体を前に進めながら茶室の中へと入る。思わず「よいしょ」と言いたくなったが、ぐっと堪えた。

茶室の中の空気は、外とはまったく違うものだった。ピンと張り詰めているといえばいいのか。ただ、居心地が悪くなるような空気ではない。なんといえばいいのか分からないが、自然と背筋が伸びるような不思議な空間だった。

一段上がった床の間には掛け軸がかけられ、黄色い花が活けられた青い花瓶が飾られている。

花の種類は梅か桃か。花に詳しくないので、判断が難しい。

そんなことはさて措き、床《とこ》の間《ま》の全体をじっくり見つめる。華美ではないが、日本の美意識がそこに集まっているような気がした。

麗子が入ったあと、次々と参加者が茶室へ入ってきた。最後に、ギルバートがやって来て、内部の説明をしてくれた。

まず、席順について説明がされる。

「床の間に一番近いほうが、上座になります。そこには正客《しょうきゃく》と呼ばれ、主賓が座るようになっているのです」

その隣が次客《じきゃく》、三客《さんきゃく》、末客《まっきゃく》と続く。

「正客となった人は亭主と直接話をしなければならないので、初心者は避けたほうが無難でしょう」

今日はギルバートが正客の席に座り、いろいろ教えてくれるようだ。

「まずは、床の間を見ることから始めます。まず掛け軸、続いて花、それから花入れ――」

茶道では花瓶を『花入れ』と呼ぶ。形状は一輪差しのように細身で華道のように派手に飾らず、花のありのままの美しさを見ることができるのが花入れなのだ。

「花入れにも格がありまして、もっとも格が高いのは青磁《せいじ》、唐銅《からかね》など、何気なく置かれている物にもいろいろあるわけです」

皆、ほうと感嘆の息をはく。

「なんか、日本の心をセバスチャンに習うのって、不思議な感じ」

「セバスチャンじゃなくて、ギルバート・テイラーさんだから」

しつこいようだが紗香の間違いを、その都度訂正しておく。ギルバートは気にすることなく、コロコロと笑っていたが。

「なんていうか、セバス……じゃなくて、ギルバートさんが日本の心を持っているのは伝わってくるよ」

ギルバートは茶道を三十年以上も習っている。日本人である麗子や紗香よりも、わびさびの心を理解しているだろう。

続いて、釜と炉縁《ろぶち》の拝見をしたあと、茶道口と呼ばれる茶室の入り口が開くと、そこには亭主である理人の姿があった。ギルバートが「どうぞ、お入りください」と勧めると、茶室の中へと入ってくる。

続いて入ってきたのは、五十代後半くらいの男性。彼が亭主を手助けする『半東』で、理人の弟子の一人らしい。二人は静かに定位置に座ると理人がすっと背筋を伸ばした。

「どうも皆様、はじめまして。茶人の胡桃沢理人と申します。本日は掛け軸に『喫茶去《きっさこ》』とあるように、美味しいお茶を飲んでいってください」

喫茶去とは禅語で、「まずはお茶を召し上がれ」という意味らしい。

掛け軸は茶会のテーマでもあるのだとか。今日は茶道の堅苦しいマナーはひとまず措いておいて、茶を飲むことを楽しんでいくようにと話していた。

「お花は、黄梅《おうばい》です」

春を告げる花のようだ。たしかに活けられた花は、そこにあるだけで春の訪れを告げているかのようだった。

「さて、本日の茶会の内容ですが――」

今日は濃茶のあと、薄茶を飲むそうだ。理人が軽く作法を説明したあと、半東が菓子を持ってきた。

菓子皿にあったのは、緑色の餅に薄紅色や白のきんとんが載った和菓子だ。

ギルバートが和菓子について理人に尋ねる。

「ご亭主、こちらのお菓子は、どのような物で？」

「こちらは『ひちぎり』と言いまして、緑は大地、白は雪、薄紅色は桃の花を表します。諸説ありますが、雪解け水で新芽が芽生え、桃の花がふっくら膨らむ。春の訪れを豊かに表現した和菓子となります」

一人一人懐紙に和菓子を取り、皆に行き渡ったところで食べる。

餅のねっとり感と、あんのほどよい甘さが口の中に広がる。非常に美味しい和菓子だった。

ちらりと紗香を見る。緊張している様子はなく、楽しそうにしていたので安堵した。

静まり返った茶室の中は、茶筅が抹茶を練る音だけが聞こえる。喧騒の中でざわついていた心が浄化されるような、経験したことのない静謐な空気が流れていた。

そして、理人が練った濃茶が出される。

「濃茶は、一つの茶を客全員で回し飲みします」

ギルバートの一挙一動に注目し、同じように茶を飲む。

まず、芳醇な茶の香りが漂い、口に含むとそれは一層強くなった。舌の上で和菓子の甘さと混ざり合い、茶の味わいは完成される。

麗子は目を閉じ、小さく息をはく。日常になかった静けさが、落ち着ける瞬間が、ここにはあった。

勇気を出してここに来てよかった、と心から思う。


あっという間に時間は過ぎて行った。躙り口から外に出て、庭を通り過ぎ、塀の外に出た瞬間に麗子は日常に引き戻された。

「いかがでしたか?」

ギルバートの問いかけに、麗子はぼんやりしながら答えた。

「心が、洗われるようでした」

「それは、ようございました」

他の参加者も初めての茶会に興奮していたようだが、外に出ると「夕食を作らなきゃ」と言って、各々子どもを連れて家に帰っていく。

「私も帰って旦那のコックコートのアイロンがけしなきゃ」

「レストランのシェフだったっけ?」

「そう。今度、食べに来てよ。口に合わなかったのでシェフを呼んでください、とか言って呼び出していいし」

「怖いから止めておく」

「いやいや、旦那超絶猫かぶりだから。怖いのは、私の前だけ」

「そうなんだ」

レストランのホームページアドレスをメールで送ってくれるらしい。紗香は再び麗子に「またね！」と言って帰っていった。

路地裏に一人ぽつんと残った麗子に、理人が声をかける。

すでに、いつものぽややんとした理人に戻っている。

「麗子ちゃん、寒いから、中に入ったら？」

「あ、いえ、私ももう、お暇しようかと」

「え、もう帰っちゃうの？　お茶でも飲んでいきなよ。疲れたでしょう？」

茶は抹茶ではなく、紅茶や日本茶のことだと、理人は慌てて付け加えた。

「ギルバートの淹れるお茶は美味しいから」

「では、お言葉に甘えて」

理人のあとを歩きながら、麗子は考える。今日も、いろいろと彼に世話になったが自分は何を返せるのかと。

麗子にできることは、チョコレートを作ることだけだ。だから——。

「あの、胡桃沢さん」

「ん?」

「ショコラ・ショーを、飲みませんか?」

「え、いいの? 疲れていない?」

「はい。なんだか無性に、チョコレートの香りをかぎたくて」

「あー、分かる! 疲れていると、チョコレート不足になるよね!」

「ですね」

理人は麗子のチョコレートに、感情がこもっていると言ってくれた。

だから、言葉にせずに感謝の気持ちはすべてチョコレートに溶かして入れようと思った。

blog

ルミのチョコレートファンブログ

『浅草ちょこれいと堂の浅草トリュフ』

評価：★★★★★

こんにちは！　ルミだよ。

今日紹介するのは、バレンタインの日に新しくオープンした、『浅草ちょこれいと堂』の『浅草トリュフ』。

見た目はツヤツヤしていて宝石みたい。トリュフにアメリカンチェリー風味の飴を絡めたチョコレートなんだって。

浅草寺の雷門もイメージして、この色をチョイスしたみたい。

鮮やかな色合いでちょっと味が想像できないんだけれど、食べてみてビックリ！

パリパリの飴は口に入れた途端にホロホロと解けて、中から求肥が出てくるの。

さらにそのモチモチした中から出てきたのは、スイート&ビターチョコ。

濃厚なチョコレートの風味が口いっぱいに広がるけれど、アメリカンチェリーの爽やかな風味が残って強い甘さはあとに残らない。中心にあるビターチョコレートが、全体の味わいをキュッと引き締めている感じ。

この外見から、モチモチした食感と二層のトリュフが出てくるなんて、まったく想像していなかった。やられたって感じ。

紅茶とかと相性がよさそう。外見も可愛いので、SNS映えもするはず。

ちなみに、この『浅草トリュフ』は通年販売だから、いつでもお店にあるみたい。

このチョコレートを作っているショコラティエールは綺麗なお姉さんだから、会えたらラッキーかも!

チョコレートを売っている、セバスチャンっぽいおじいちゃんも、とっても渋くて素敵だよ。

みんなも、浅草の街に行ったら、『浅草ちょこれいと堂』に行って、買ってみてね!

あまりにも美味しかったから、私も明日買いに行くよ!

それでは、また!

コメント(767)トラックバック(6)

第五章　それはビターチョコレートのように苦く、切ない

吹く風に柔らかな暖かさが混じり、桜の蕾をふっくらと膨らませる。

浅草の街にも、春が訪れようとしていた。

とはいっても、まだまだ寒い日は続いている。そのため、ショコラ・ショーは売れていた。

そんなある日の閉店後、麗子あてに一本の電話がかかってきた。それは、想定していないものだった。

「え、そ、そうですか。ありがとうございます。一度、オーナーに相談をして後日返事を……はい、はい、よろしくお願いいたします」

電話は、浅草で配布されているフリーペーパーを刊行している会社からで、ショコラティエールである麗子に取材をしたいとのことだった。

とても光栄なことだったが、麗子ではすぐに判断がつかないので理人に相談しなければならない。

折り返し連絡する旨を伝え、電話を切った。

受話器を置いたあと、麗子はふうと息をはく。ひたすらチョコレートを作るだけでいい『ララ・オランジェット』とは違い、『浅草ちょこれいと堂』での仕事は人と関わることも増えた。

大変だけれど、やりがいも感じている。こうした取材の依頼も、以前の麗子だったらすぐに断っていたかもしれないが、今はお店のためになることはなんでもしたいと思えるようになった。

片付けも終わり、ギルバートと紅茶を飲んでいたら、茶室のほうから理人が戻ってきた。

「二人共、お疲れ様。今日も盛況で大変だったみたいだね」

「ええ、まあ。嬉しい悲鳴なのですが……」

「あれ、何か問題があったの？」

「それが――」

つい先日、ショコラ・ショーを点てているギルバートを撮影した外国人観光客が、その動画をSNSに載せていたらしい。結果、一万人ほどに拡散したという出来事があった。しかし、店名や浅草の地名を書いていなかったため、そのせいで客足が増えることはなかったのだ。

「ギルバート、すごいじゃん。有名人じゃん」

「お恥ずかしゅうございます」

麗子もコメント欄を見たが、おおむね好評だった。もっとも興味深かったのは、「不思議と背後に床の間が見えたような気がした」というものだろう。その意見には、麗子も大いに頷く。

ギルバートがショコラ・ショーを点てる様子は、まさしく茶人なのだ。その姿を目にした客のほとんどは購入しているようだ。ギルバートがショコラ・ショーを点てると美味しそうに見えるうえに不思議な魅力があるのだろう。

「店名が拡散されなかったことは、幸か不幸か、ですね。若様は、どう思われますか？」

「うーん。たしかに、売り上げ目標はクリアしているから、今以上にお客さんが増えたら困るよね」

「そうですね」

たまに、観光客がバスで来た場合、ショコラ・ショー待ちの行列ができることがある。多くても十人ほどだが、それでもてんてこまいになるのだ。そのたびに、少ない人数でどうにか店を回している。

「この前さ、テレビ局の知り合いに、店を取材させてくれって言われたんだけれど、断ったんだよね」

今の人数ではテレビで宣伝されても、客が殺到した場合絶対に対応できない。

それに、テレビを見て来てくれた客が常連になるとは限らないので、一時的な忙しさのために、従業員を増やす方向に舵を切ることは難しい。

「なんかね、前に聞いたことがあるんだ。テレビで紹介されてお客さんが増えたんだけど、店が狭いものだから改装して従業員も増やした。それなのに、準備が整ったころにはブームも去っていて、閑古鳥が鳴くことになったんだって。それで、設備に回した資金を回収できなくなって、閉店まで追い込まれた」

「それは……きついですね」

「でしょ？　僕はこの店をそんな風にしたくないんだ」

麗子が以前勤めていた『ララ・オランジェット』のように、チェーン展開をするつもりはないようだ。理人はこの一店舗だけを、大事にしたいと話す。

先ほどの浅草のフリーペーパーの話をしたかったのだが、なんとなくタイミングが悪いような気がした。麗子は視線を宙に泳がせる。

「もう、こんな話は止めよう。楽しい話をしたい」

フリーペーパーについては、メールで知らせることに決める。代わりに、麗子は別の話題を振った。

「楽しい話といえば、ショコラ・ショーに春限定のフレーバーを出したいなって思いまして」

「あ、いいねえ。何味のショコラ・ショーを出すの？」

「フランボワーズです」

イチゴと違い、フランボワーズは春の味覚ではない。しかし、国産のイチゴでは酸味が少し足りないのだ。

「アメリカでは、四月あたりからフランボワーズの出荷を始めると聞くので、春の味としてぎりぎりセーフかなと」

「うん、セーフだね」

日本人向けというよりは、外国人向けのメニューである。

「飲み物としてはあまり見かけない組み合わせなのですが」

「でも、女子はフランボワーズ好きだから、いいと思うよ」

「ありがとうございます。では、試作品を作ってみますね」

「よろしく」

ショコラ・ショーの作り方は、いつもと同じだ。違うのは、上に載せるフランボワーズのトッピングである。

昨日仕込んだフランボワーズ・ピューレと生クリームを混ぜ、フランボワーズ・クリームを作る。

カップにフランボワーズ・オードヴィ——木苺のブランデーを垂らし、茶筅でなめらかにしたショコラ・ショーを注ぐ。仕上げにフランボワーズ・クリームを載せたら完成だ。

「フランボワーズ・ショコラ・ショーです」

「いい香りだ」

「ええ、本当に」

理人とギルバートの反応は上々だ。問題は味である。

理人はカップを手に取り、嬉しそうに目を細める。いつもの明るい様子は鳴りをひそめ、まるで恋人を見つめるような甘い視線をショコラ・ショーに向けていた。

相変わらず、麗子が作ったチョコレートを前にすると人が変わったようになる。

まずは、匙で掬ってクリームごと食べた。

「んんっ⁉」

理人はスプーンを銜《くわ》えたまま、目を見開く。飲み込んだあと、瞳をとろんとさせた。

「これ、すごく美味しい。フランボワーズの濃い酸味が、チョコレートの甘さを引き立ててくれる。なんだろう。すごく品のある味わいだ。後味にほんのりブランデーを感じるのも最高」

どうやら口に合ったようである。麗子はホッと胸を撫でおろした。

材料の仕入れやフランボワーズ・ピューレの作り置きについて話し合い、一週間後から販売を始めることにした。

すぐに、ギルバートはSNSで新作のフランボワーズ・ショコラ・ショーの販売告知を行う。

すると、すぐに反応が返ってきたようだ。

「河野さん、見てください。みんな、早く飲みたいとおっしゃっています」

「嬉しいですね」

一応、材料は限りがあるので、一日限定二十杯と決めておく。新作を飲んだ客の反応が楽しみだ。

「あ、そういえば、最近『ルミのチョコレートファンブログ』を見ていないのですが、何か面白い記事は上がっていますか？」

「え⁉　い、いいえ、あの、わたくしめも、最近見ていなくて……」

「テイラーさん、どうかしたのですか？」

珍しく、動揺していた。心配になって、顔を覗き込む。冷や汗を掻いているようなので、ハンカチを貸してあげた。

「あれ、麗子ちゃん、そのブログ知っていたんだ」

「はい。以前、テイラーさんに教えていただいて」

「へえ、そうなんだー」

ギルバートは麗子から借りたハンカチで、額の汗を拭っている。ショコラ・ショーを飲んで暑くなったのか。

いつでも余裕のある態度を崩さないので、珍しい様子だ。心配になって聞いたら、「はい、ご心配なく」と返ってきた。

「ギルバート、お店の売り上げを事務所に持って行って」

「かしこまりました」

「麗子ちゃん、もう暗くなっちゃったから、一緒に駅まで行こうか？」

「はい。では、急いで着替えてきますね」

「ゆっくりで大丈夫だよ」

たまに、理人は麗子を駅まで送ってくれる。運動不足になるので、散歩も兼ねているらしい。

理人は面白かった本の話や、実家で飼っている猫、美味しかった地方の駅弁の話など、いろいろしてくれる。無口な麗子にとって、知らない世界の話を聞かせてくれるのは嬉しいことでもある。

「お待たせしました」

「じゃあ、行こうか」

辺りはすっかり真っ暗だ。街灯が浅草の街を明るく照らす。

「最近、地元のお客さんも増えた気がするんだ」

「ええ。テイラーさんもそんなことを話していました」

この前は、買い物帰りの主婦が数名やって来て、美味しい、美味しいと言いながらショコラ・ショーを飲んでくれたようだ。

「ギルバートが近所のお爺さんにお酒と合うと教えたら、酒屋でウイスキーを買ったあとチョコレート買いに来てくれたんだって。晩酌のおつまみにしてくれているみたいで」

「そういうのも、嬉しいですね」

少しずつではあるものの、『浅草ちょこれいと堂』が浅草の街に馴染んでいるような気がして嬉しくなる。

そこで、浅草のフリーペーパーの話を思い出した。今だったら、話せるかもしれない。

勇気を出して、報告することにした。

「あの、胡桃沢さん。さっき、地元のタウン誌から取材のオファーの電話があって。タウン誌といっても、書店で売っている雑誌じゃなくて、浅草にあるレストランとか喫茶店とかに置かれている、フリーペーパー的なものなんですけれど……」

歯切れ悪く話す麗子を、理人は覗き込む。

「あ、もしかして麗子ちゃん、僕がお店を紹介したくない！　って主張したから、言いにくかったとか？」

「ええ、まあ。すみません、すぐに報告せずに」

フリーペーパーの取材を嫌がると思いきや、理人はまったく逆の反応を示した。

「そういうフリーペーパーって、地元の方が作っていることが多いから、なんだか浅草の街に認められたような気がする。テレビの取材とは、また違うと思うな」

「ええ。私もそう思います」

「だったら、受けてみようよ。取材とかそういうのは苦手だけど、みんなで頑張ろう」

取材が苦手という言葉に、麗子は笑ってしまう。

「え、僕、なんか変なこと言った？」

「取材が苦手だとおっしゃるので」

「もしかして、麗子ちゃんには僕は取材が得意そうに見えるの？」

「見えます」

「ええ、そんな。僕はシャイで恥ずかしがり屋の典型的な日本人なのに」

シャイで恥ずかしがり屋の日本人が、初対面の女性を名前で呼んだりしない。

理人の前世は、気さくなイタリア人なんじゃないだろうか。ついつい、そんなことを思ってしまう。

「じゃあ、僕が先方に連絡しておくから、あとで電話番号を教えて」

「はい。のちほどメールで送ります」

「ありがとう。それから――あっ！」

ガクリと、理人の姿勢が崩れる。いったい何事かと思えば、どうやら草履の鼻緒が切れてしまったようだ。

「わっ、やっちゃった」

「大丈夫ですか？」

「こういうことするの、初デートでお祭りに行く女の子だけだと思っていたのに。困ったな……」

どうやら、草履と鼻緒を繋げる『前つぼ』という部分が切れているようだ。

「あ、そういえば、前にテレビで見たのですが、五円玉を使って切れた鼻緒の応急処置ができるようですよ」

「え、何それ？」

往来の邪魔にならないよう、一歩脇に避けると、麗子は鞄の中からクリアファイルを取り出し、理人の足を置くように勧めた。

「ちょっと草履をお借りしますね」

「ごめんね。ありがとう」

麗子は路地にしゃがみ込み、草履に応急処置を施す。使う物は、五円玉と紐。

麗子は自分のスニーカーの紐を取ると、五円玉へ通す。それを草履の底から入れ、五円玉をストッパーにする。最後に、紐と鼻緒を結んだら応急処置は完了となった。

「すごいね！　本当に直った！」

「応急処置ですので、長くはもたないとは思いますが」

「いえいえ、ありがとう」

草履を理人の足下へ戻す。

「え、ちょっとシンデレラみたい」

一瞬、なんのことかと麗子は首を傾げる。

「ほら、王子様が、ガラスの靴を履かせてくれるでしょう？」

「ああ」

麗子が片膝を突いている姿なので、そう見えてしまったようだ。

「あはは、ごめん。困らせるようなことを言って」

「いえ、こちらこそすみません。突然のことで、ついていけず……」

こういうところが、麗子のつまらないところなのだろう。学生時代からよく「ノリが悪い」「生真面目過ぎる」と言われることが多かった。

「よく、落ち着いているとか、クールとか言われるのですが、そんなことはまったくなくて……。単にどういう反応をしていいのか分からないだけなんです。場を白けさせることもあって、こういう自分が本当に嫌いで……」

この気持ちを、どう表していいのか。言葉を探していると、理人は麗子の前にしゃがみ込んで話しだした。

「大丈夫。平気平気。みんながみんな、同じように生きられるわけじゃないからさ。麗子ちゃんには麗子ちゃんのペースもあるから、無理して周囲に合わせる必要はないよ。学生時代ってさ、閉鎖的な世界で生きなければいけないから、ついつい他の人と違う自分はダメだって考えがちなんだよね。金子《かねこ》みすゞの詩みたいに、『みんなちがって、みんないい』でいいじゃんって思うけれど、個性的な人って、どうしても仲間外れにされがちなんだ」

小学校から高校まで——教室に三十人から四十人ほど集まり、一年間共に勉強する。教師は、友達がたくさんいて、勉強ができる生徒を評価しがちだ。

「そんな評価の仕方だと、もしもクラスにアインシュタインやエジソンみたいな、天才肌の子がいた場合、才能を潰してしまう気がする。二人共、逆境に負けずに大成したけどね」

個性の強い人間は、変わり者だと糾弾され、自信を喪失してしまう。そんなことがあってはならない、と理人は熱く語る。

「この辺は、難しい問題だよね。学校の先生も、数多い生徒がいる中で、個人を気にしている暇はないだろうし。子ども一人一人の可能性はなかなか発見しにくい。互いに尊敬し合い、尊重し合うなんて大人でも難しいことだから……。って、ごめん。何話しているんだろう。脱線したね。まあ、とにかく、麗子ちゃんは今のままで素敵だから。自分を嫌いにならないで、好きになってね」

「はい、ありがとうございます」

その言葉は、麗子の心に深く染み入る。学生時代の自分に、聞かせたい言葉でもあった。

「あ、僕のほうこそ、ありがとう。これだったら、歩けそうだ」

「いえ。お役に立てて幸いです」

「麗子ちゃんは、スニーカーの靴紐なくて大丈夫?」

「足にぴったりフィットしているので、大丈夫ですよ」

「ごめんね。すぐに返すから」

すぐ近くに、知り合いの和裁《わさい》工房があるらしい。理人は速足で浅草の街を進んでいく。

辿り着いたのは、『浅草ちょこれいと堂』と同じく、純和風の佇まいの店。店頭のショーウインドウには、菖蒲《しょうぶ》の花の着物が飾られていた。木製の看板は年季が入っていて、浅草にある下町の店という佇まいだ。看板には『花色衣《はないろころも》』と書かれている。

「ごめんくださーい」

「はいはい、いらっしゃいませ」

店の奥から顔を覗かせたのは、三十過ぎくらいの眼鏡をかけた整った顔立ちの男性だ。和装が似合っており、落ち着いた雰囲気が漂っている。理人と麗子を見て、にっこりと営業スマイルを浮かべていた。

「おや、胡桃沢様、いかがなさいましたか？」

「草履の鼻緒が切れてしまって。ここで直せる？」

「もちろんでございます。どうぞ、中へ」

店内はそこまで広くない。六畳半くらいか。床から一段上がったところに一畳ほどの畳のスペースがあり、そこには露草《つゆくさ》の浴衣が展示されている。

「ここは着物のクリーニングと、着物のお仕立ての両方をやってくれるお店なんだ」

通常、着物の仕立てとクリーニングは、それぞれ別の店で行われる。しかし、『花色衣』はどちらも対応しているようだ。その理由を、理人が説明してくれた。

「古くからクリーニングは悉皆屋《しっかいや》さん、着物の仕立ては和裁屋さんの仕事なんだけど、着物の需要と供給は低下の一方で、双方の店が生き残るために生まれたのが、ここ、『花色衣』さんなんだよ」

「そうなのですね」

「『花色衣』さんに来たら、着物関係の問題はたいてい解決してくれるんだ」

「胡桃沢様、お褒め戴き感謝いたします」

「このお兄さんの名前はね、和裁士チャラ男です」

和裁士チャラ男と呼ばれた『花色衣』の男性は、理人の適当な紹介に気分を害した様子もなく笑みを深めていた。

「本名は八月一日《ほずみ》、と申します。以後、お見知りおきを」

とても軽薄には見えないが、着物を着た女性が大好きなことで有名らしい。

理人とは仲がいいのだろう。ずいぶんと遠慮のない紹介の仕方だ。

一方、八月一日は、朗らかに返す。

「胡桃沢様は本当に、冗談ばかりで」

「でも、この前も着物を着た綺麗な女性と、歌舞伎座の近くを歩いていたし」

「あれは、婚約者です」

「あ、そうなんだ。おめでとう!」

「ありがとうございます」

鼻緒の修理は十分ほどで仕上げるという。待つ間にと、お茶と和菓子を出してくれた。

「わあ、僕が来た時は、お茶とお菓子なんて出さないのに」

「毎回、嵐のようにやって来て、五分とたたずに帰るじゃないですか」

「そうだっけ?」

「そうです」

理人は茶を飲み、笑顔で茶の銘柄を見事に当て、「よいお点前でー」と言っていた。

すると、八月一日は盛大な溜め息を返す。

「だから嫌だったんです。お茶のプロである胡桃沢様に、お茶をお出しするのは」

「いやいや、普通に美味しいって」

「裏で、誰がお茶を淹れるのか、従業員総出の押し付け合いが起きていたのですよ」

結局、八月一日が淹れたようだ。

「誰が淹れても、心がこもっていたら美味しいから」

「物は言いようですね」

二人のやりとりを微笑ましく思い、麗子は頬を緩める。

「茶菓子も、よろしかったらどうぞ」

「いただきます」

菓子は生地がふっくらと焼かれたどら焼き。あんの甘さが、茶の渋みをほどよいものにしてくれる。

十分ほどで鼻緒は直った。

「お待たせしました」

「ありがとう」

足下に置かれた草履を履いた理人は、綺麗なお辞儀をする。

「うん、いいね。あ、麗子ちゃん、紐ありがとう。本当だったら洗って返したいくらいなんだけれど。紐を結んでいないと、危ないよね」

「ええ。そのままで大丈夫です」

麗子は靴に紐を素早く通し、リボン結びにした。

八月一日に改めて礼を言うと麗子と理人は『花色衣』をあとにする。

「ごめんね。なんだか、寄り道しちゃって」

「いえいえ。楽しかったです」

麗子は決して社交辞令ではなく本当にそう思った。その後、会話もなく黙々と道を歩く。不思議と、気まずさはなかった。

◇◇◇

麗子のインタビューと『浅草ちょこれいと堂』の紹介が特集されたタウン誌、『浅草タウン・ウォーカー』の配布日となった。中身は三十ページで、一部がカラーとなっている。『浅草ちょこれいと堂』を紹介するコーナーでは、理人が店の前に立ったカラー写真が掲載されていた。小さな写真なので、顔は分からない。

理人は「麗子ちゃんも写真撮ってもらえばよかったのにー」と残念がる。本当はインタビューされた麗子も一緒にと言われたのだが、自分の仕事は裏方だからと断ったのだった。

麗子の作った新作『フランボワーズ・ショコラ・ショー』も掲載してもらった。

こういう雑誌で自分の作ったチョコレートが扱われることは初めてだったので、麗子は嬉しくなった。何度も何度も、記事を読み返す。

掲載後の客足はまあまあといったところ。普段よりも少し多くなった程度だ。

しかし、これ以上増えると今いるスタッフで対応できなくなるので、いいのかもしれない。

フランボワーズ・ショコラ・ショーは好評で、毎日売り切れ状態だ。想定以上の人気となったので、土日に限り一日限定四十杯に増やしてみた。大変だが、今まで買えなかった客にも行き渡るようになる。

雑誌の掲載から一ヵ月が経った。GWの忙しさもなんとか乗り越え、ホッとしていた頃に事件が起こる。

その日は偶然、麗子が店番をしていた。フランボワーズ・ショコラ・ショーを作り、客に提供していたところ、二人連れの女子高生客が「これ、ここの店でも売ってるんだね」と話していた。

普段の麗子ならば、見ず知らずの人に声をかけたりしないのだが、さすがに聞き捨てならなかった。

「あの、フランボワーズの入ったショコラ・ショーが、他の店でも売られているのですか？」

「うん、そう」

「そこのお店、苦いお酒っぽい味がして、飲みにくかったかも。こっちのほうが飲みやすいし、美味しい」

『浅草ちょこれいと堂』のフランボワーズ・ショコラ・ショーの場合、ブランデーを利かせるのは大人に限定している。客が未成年の場合は、入れていない。しかし、もう一つの店は相手が誰でも関係なく入れているようだ。

「あの、そのお店の名前を教えてもらえますか？」

「なんだっけ？」

「調べてみる」

女子高生はスマホを操り、店名を調べてくれた。

「えーっと、『ショコラトリー・メロンジュ』って名前だったと思う」

「ありがとうございます」

普通のショコラ・ショーを売る店はどこにでもあるが、フランボワーズ風味のショコラ・ショーはかなり珍しいのではないか。麗子はモヤモヤとした気持ちを持て余す。

このなんとも言えない感情は、覚えがあった。

それは、麗子が『ララ・オランジェット』に入社したばかりの頃のことだ。オーナーのジュリアンは従業員全員に、新作チョコレートのアイデア出しをするように命じた。

麗子は休憩時間を使ってせっせとデザインや、味を考えていたがイマイチしっくりこない。

結局、チョコレートのデザインとレシピを描いた紙はぐちゃぐちゃに丸め、休憩室のごみ入れに放り投げた。

その一ヵ月後――集められたアイデアの中から商品化するチョコレートが決定された。

選ばれたのは、他店から引き抜かれたショコラティエールの野口広美《のぐちひろみ》のレシピだった。

麗子は敵わないと思いつつも、拍手で祝福した。しかし、商品化が決まったチョコレートのデザインを見て驚愕する。

なんと、麗子が考え、休憩室に捨てたデザイン画を模倣したチョコレートだったのだ。

いったいどうしてと、信じられない気持ちになる。どう考えても、休憩室のごみ箱に捨てた麗子が悪い。

麗子は広美を追及する勇気はなかった。もしかしたら、偶然の可能性もある。ただ、デザインからフレーバーまで一致することはなかなかないだろう。

だが麗子は、怒りと困惑、後悔が混ざったなんとも言えない気持ちに、ぎゅっと蓋をした。

その感情を過去のものとし、忘れたころに広美は『ララ・オランジェット』を辞めた。

結婚と同時に、独立したらしい。

どこに店を開いたとか、聞いたような気もしたが記憶にない。ショコラティエールになって感じた、初めての甘くない出来事であった。


もう、見ない振りは止める。服に染みついた頑固な汚れのように、ずっと心に残っているまで経っても消えないから。

直接聞いて、勘違いだったらそれでいい。

もやもやした気持ちをそのままにしたくない麗子は、仕事帰りにそのまま『ショコラトリー・メロンジュ』へと向かうことにした。

調べたところ、『ショコラトリー・メロンジュ』は都営浅草線の浅草駅から電車で二駅行った先にある。

駅から徒歩十分の場所で、ひっそりと営業していた。

オレンジの屋根に、白い壁がオシャレだがどこか既視感のある外観だ。

店頭には、『新商品、木苺のホットチョコレート』という看板が掲げられていた。木苺はフランボワーズを漢字で書いたもので、ホットチョコレートはショコラ・ショーのメジャーな言い方だ。木苺のホットチョコレートと表したほうが、日本人には分かりやすいだろう。

扉を開くと、カランと鐘の音が鳴る。店員の返事はあったものの、なかなか出てこない。待っている間に、店内を見回す。

ガラスケースの中には、三十種類くらいのチョコレートが並んでいた。その中に、以前麗子が考えた物と同じデザインのチョコレートがあり、胸がドクンと激しく鼓動する。

嫌な予感が脳裏を過る。

「すみません、お待たせしまし――」

店の奥から出てきたのは、麗子が見知った顔である。長い髪を一つに結び、黒縁眼鏡をかけた小柄な女性。

心臓を拳で殴られたような、大きな衝撃を受けた。

出てきた女性は、やはり麗子の元同僚だったのだ。

「あ……野口、さん？」

「河野さん、で、合ってる？」

「はい」

「ごめんなさい。久しぶりだったから」

「いえ」

声が、指先が震えてしまった。『ショコラトリー・メロンジュ』で働いていたのは、『ララ・オランジェット』の元同僚の野口広美だったから。

過去の記憶が甦り、苦しくなる。しかし、逃げるわけにはいかなかった。

しっかり前を見据え、話をしなければ。自らをそう奮い立たせ、一歩を踏み出す。

「独立したと聞いていたのですが、素敵なお店ですね」

「ええ。『ララ・オランジェット』を参考に、造ってもらったの」

店を見た時の既視感の正体は、『ララ・オランジェット』の外観に似ていたからだった。

「河野さん、まだ、あそこで働いているの？」

「いえ、今は辞めて、別のお店で働いています」

「そう。すぐに再就職先が見つかって、いいわね。私は『ララ・オランジェット』を辞めたあと、苦労したのよ。お店の経営は思っていた以上にお金が必要だから、一度は独立を諦めて再就職をしようとしたの。でも、何度も面接を落ちてしまって……。もうどうしようもならないって時に、お金の都合がついたから、こうしてお店を開けたの。河野さんは才能があるから、どこでもやってけるのね」

「いえ、そんなことは」

麗子だって、面接は何社も落ちた。胡桃沢の店で働くことになったのは、偶然街でギルバートに出会ったからである。ただ、その話をしたところで、麗子の人生は上手くいくようになっていると言われるかもしれない。麗子は口を噤んだ。

「どこで働いているの？　ショコラトリー？　それとも、ホテル？」

「浅草の、チョコレート専門店、です」

しどろもどろになりながら答えると、広美はハッと息を呑む。それが意味することは、広美が店の存在を知っているということだろう。

ただ、確証はない。きちんと聞かなければならなかった。

「野口さん……」

広美は急に無表情となり、喋りも素っ気なくなる。

「あの、『浅草ちょこれいと堂』を、ご存じ、ですか？」

「……知らない。浅草にチョコレート専門店？　変な組み合わせ」

「あの、私も、オリジナルのフランボワーズの、ショコラ・ショーを」

「知らないって言っているでしょう⁉　まさか、盗作したって言いたいの⁉」

ヒステリックに広美は叫んだ。麗子は胃の辺りが、スーッと冷えるような感覚に襲われる。

「あ、わ、私は……」

悔しかった。怒りも感じていた。なぜ、このようなことをするのか、問いただしたくもなる。しかし、どうやって言葉にしていいのか、麗子は分からなかった。

混乱しているうちに、相手から先制攻撃を受けてしまう。

「はっきり言ってくれる？　じれったいわね」

広美はガラスケースの向こうから、ズンズンと麗子の前にやってきた。

恐怖を覚えたが、逃げるわけにはいかない。

麗子は今度こそ、大切な物を守らなければならないのだ。

もう二度と、あの時のように悔しい思いはしたくなかった。

「私――」

勇気を出して言おうとした一言も、広美の言葉に遮られてしまう。

「黙っていたけれど、河野さん、前も私に難癖をつけてきたことがあったよね？」

「え、なんの、こと？」

「新商品のコンペで、私のチョコレートが選ばれて。恨めしそうな目で、見ていた」

「そんなこと、していない」

「していた」

「私のチョコレートが盗作だって、周囲に言い回っていたでしょう？」

「言ってない……」

「嘘！　あなたが悪口を言い回ったせいで、私は『ララ・オランジェット』で上手くやっていけなくなった！　辞めざるを得なくなったの！」

思考が追いつかず、頭の中が真っ白になる。

麗子が愕然としている隙に、広美はその腕を摑んで店の外に連れ出した。

「帰って！　二度とここには来ないで！」

広美の金切り声は麗子の中で反響し、しばらく耳から離れなかった。

◇◇◇

今日も今日とて同じように朝は訪れる。麗子は明らかに昨日の出来事を引きずっていたものの、それを外に出すわけにはいかない。

正直に言ったら、悔しい。けれど、今はどうすればいいのか、対策がまったく思い浮かばなかった。

できることといえば、いつもと同じようにチョコレートを作り続けること。

チョコレートを作っている間は、無心でいられる。それに、完成した物を眺めていると、幸せな気持ちになれた。さらに、客の笑顔に触れると、心の中のモヤモヤが少しだけ和らいだような気がした。

麗子は今日ほど、ショコラティエールでよかったと思ったことはない。

その後、数日経っても心は晴れなかったが、土日の忙しさが忌まわしい記憶を忘れさせてくれた。

そんな日々を過ごしていたある日のこと。

閉店後、ギルバートと理人に呼び出される。何事かと思いきや――驚くような問い合わせが数件あったことを聞かされる。

「どんな問い合わせだったのですか？」

ギルバートは眉尻を下げ、悲しそうにしている。一方、理人は無表情だった。

麗子は思わず背筋を凍らせる。普段、にこやかな彼の無表情には、謎の迫力と怒りのようなものを感じた。

「実は、フランボワーズ・ショコラ・ショーが、他店の商品の盗作をしているのではないかって問い合わせがあって」

『浅草ちょこれいと堂』の公式サイトに五件、SNSに七件、店頭で作るギルバートに直接二件、問い合わせがあったようだ。

麗子は足下が消えてなくなり、地底に落下していくような衝撃を覚えた。

盗作という言葉は、麗子の胸を深く抉る。

「なんでも『ショコラトリー・メロンジュ』っていうお店で、去年から売り出していたらしいよ」

「そ、そんな……！」

広美のほうが、先にフランボワーズを使ったショコラ・ショーを販売していたというのか。そういうことならば、この前麗子が店に行った時に激昂した理由も頷ける。

「……」

よく調べもしないで自分が作った物がオリジナルだと信じ込み、広美の店にまで押しかけてしまった。このような事態を招いたのは、紛れもなく麗子だというのに。

放心状態の麗子の肩を、理人が叩く。それは、解雇を意味しているのか。

じわりと涙が浮かんだが、受け入れる他ない。今回の一件は『浅草ちょこれいと堂』やオーナーである理人の名誉にも関わることだから。

「あの、麗子ちゃん、大丈夫？」

「え？」

「驚いたよね。僕も、できるならば言いたくなかったんだけどさ」

気にするなと言って、理人はポンポンと肩を叩く。どうやら、解雇を意味する肩たたきではなかったようだ。

「僕さ、チョコレートマニアなんだ」

「ぞ、存じています」

「でしょ？　都内のチョコレート店で新商品が出たら、かならず行くようにしているんだ」

毎日SNSやサイトを確認し、チョコレートの情報収集をしているのだとか。

「もちろん、ショコラトリー・メロンジュもチェックしていたんだよ。一ヵ月に一度は行っていたかな。新商品を知らせるメールマガジンも取っていたし」

理人は懐に入れていた黒革の手帳を取り出し、麗子に見せた。

「これ、一年前のショコラトリー・メロンジュの新商品。読んでみて」

「桜チョコレート、苺トリュフ、苺のチョコレート……あ！」

木苺のホットチョコレートなんてない。続いて、五月の新商品の中にも含まれていなかった。

「そして——これが一年後、今年のショコラトリー・メロンジュの新商品の記録」

「桜のフォンダンショコラに、苺のムースチョコ、鯉の型抜きチョコレート」

「ね？」

理人のその一言が示すのは、麗子は盗作なんてしていないということだった。

麗子が理人を見て、瞬きした途端ポロリと涙が零れた。

「あ——ご、ごめんなさい！　私……」

「いいよ。悔しかったでしょう？　変な言いがかりをつけられて」

「す、すみません」

「なんで謝るの？」

「ま、前にも、お客さんから、似ている商品が、他店にあると言われた件を、ほ、報告していなくって……」

震える声で、すぐに盗作されたと思い、『ショコラトリー・メロンジュ』に足を運んでしまったことを告白した。

「そこで働いていたのは、知り合いの、ショコラティエール、で……」

「そっか」

我慢していた感情が、堰を切ったように溢れ出す。目の前にいるのは、友達でもなんでもない。オーナーの理人と、仕事仲間の男性ギルバートだ。

それでも、溢れてくる悲しみを自身の中に閉じ込めておくことができなかったのだ。

今まで他人の前で泣いたことなどなかったのに、どうしてこうなってしまったのか。

自分で自分が恥ずかしい。麗子は心からそう思う。

ここで、理人が思いがけない行動に出る。麗子の背中をポンと叩きながら言った。

「よっし！　麗子ちゃん、お茶点ててあげる。ちょっと待ってて。ギルバートは美味しいお菓子の用意をよろしく！」

「かしこまりました」

突然の展開についていけず、ポカンとしていたが二人の男性は風のように去って行った。

そして、理人は薄茶を、ギルバートは和菓子を持って戻ってきた。

「もう、作法とかどうでもいいから、飲んじゃいなよ」

どん！　と勢いよく薄茶が麗子の前に置かれた。ギルバートはそっと、菓子を置く。

「こちらは、浅草で有名なお店のきんつばでして」

きんつばは理人とギルバートの分もあった。彼ら二人は緑茶と共に食べるらしい。

「よし、食べよう」

きんつばを食べる楊枝はなかった。理人は手摑みで食べ始める。ギルバートも同じように食べていた。麗子も、彼らを真似て手で摑んで食べることにした。

「わ……美味しい」

薄い皮をまとった粒あんは、甘さは控えめで品のある味わいだ。じっくり味わったあと、薄茶を飲む。口に残ったあんこの甘さが、茶の味わいを深めてくれる。

後味はすーっと爽やか。薄茶の入った器を置き、ふうと息をはく。

麗子の中にあった悪い感情も、一緒に出ていった気がした。

「ありがとうございます。その、落ち着きました」

「よかった。僕も、不安定な時は自分でお茶を点てて飲むんだ。これが、一番ホッとできる」

「胡桃沢さんでも、不安定な時はあるんですね」

「あるよ。人間だもの」

「けれどやはり、胡桃沢さんのようにできた大人は、負の感情はあまり表に出さないのでしょうね」

「え、待って。できた大人って僕が⁉　悪い感情はあまり表に出していないって⁉」

「ええ」

「いやいや、麗子ちゃんの前ではカッコつけているだけだから。普段は常にしょうもない大人だから」

「そんなこと」

「あるんだなー。じゃあ、感情を表に出すけれど……」

理人はすうっと息を吸い、一気に早口でまくしたてる。

「うちの人気商品を勝手に参考にして、自分が作ったみたいにしているショコラトリー・メロンジュのショコラティエール！　チョコレート職人の風上にも置けないヤツめ！　ショコラティエールとしての、プライドはないのか！　挙げ句、去年作ったとか嘘をついているうえに、ネットとか、人を使って嫌がらせとか、すっごく腹が立つ！　以上！」

理人はぜえはあと肩で息をする。隣で、ギルバートは深々と頷いていた。

「ね、そんなにいい大人じゃないでしょう？」

麗子のために言ってくれたのだろう。ぜんぜん、ダメな大人には見えない。

言葉の一つ一つは、麗子が感じていた気持ちと同じで、どのように口から出していいのか分からずにいた内容でもあったのだ。

こうして、理人が言ってくれたので、スッキリした気分になる。

「ありがとうございます」

「え、なんのお礼？」

「お礼を言いたい、気分だったので」

「そっか」

冷静になってみると、『ショコラトリー・メロンジュ』の店頭にあった木苺のホットチョコレートの看板には、新商品と書いてあったような気がする。

どちらにせよ、去年からあったという情報は嘘なのだ。

「そんなわけでさ、この問題、どうする？」

「それは……難しい問題ですね」

「そうだよね」

　ネットの問い合わせも、同一犯である可能性もある。

「ネットに詳しい弁護士に頼んで、情報開示を依頼したら一発で身元が判明するけどね」

「しかし、裁判沙汰になったら、お店のイメージが悪くなる気がします。費用もかかりますし」

「費用はいいんだけど、店のイメージはそうだね。これだけは一度失ったらいくらお金を積んでも、取り返せない」

　理人は頭を抱え、「どうしてこうなった！」と叫ぶ。

「本当、こういうのって、やったもん勝ちなんだよね。たいてい、盗作してますよね？　って聞いたほうが、お前何言ってんの？　みたいな反応を返されがちだし」

　まさしく、麗子が行った時がそうだった。こういうのは、やったもん勝ち、開き直ったもん勝ちの世界なのだ。

「すみません、私が自分のチョコレートに執着するあまり、こんなことに……」

「ううん、謝らないで。麗子ちゃんにとって、自分で考えたチョコレートは自分の子どもと同じくらい大事だって、分かっているから」

「それは……はい。そうですね」

どのレシピも、試行錯誤し、完成までに苦労をしている。作る時も、一つ一つ愛を込めているのだ。簡単に、許せることではない。

理人が言ったとおり、麗子にとって自作したチョコレートは、自分の子どもと同じくらい大事なものなのだ。

「ただ……いきなり訴えるのはちょっと」

広美とはいろいろあったとはいえ、『ララ・オランジェット』で一緒に働いた仲間である。なるべく関係をこじれさせたくない。

「だったら一回、僕の弁護士に話をしてもらうよう頼もうか？」

「それも、なかなか強硬手段のように思えます」

麗子が望むのは——謝ってもらうことではない。木苺のホットチョコレートは麗子が考えたフランボワーズ・ショコラ・ショーを参考に作ったと認めてほしいだけ。そう言うと、理人が驚いたように目を見開く。

「え、それだけでいいの？」

「はい。まあ、同じ商品を売らせてくれと聞かれても、簡単に頷けるものではありませんが……」

「そうだよねえ。同じショコラトリーでライバル店でもあるし」

もう一度、どうにか冷静になって話し合いができないものか。麗子は考える。

「たとえば『ララ・オランジェット』のオーナーに同席していただくとか」

ギルバートが提案する。

「いや、あのオーナーさん、麗子ちゃんの味方をしそうなんだよね。それだと、却って相手の自尊心《プライド》を傷つける結果になりそう」

ならば、どうすればいいのか。どうするのが最善か。三人で考える。

しばらくの沈黙のあと、麗子が意を決したように口を開く。

「もう一度、私、野口さんと一対一でお話をしてみたいです」

「止めなよ。また、酷いことを言われて終わりだよ」

「それでも、私は野口さんと対話をしたいです」

前回広美と話をした時、麗子は理人から習った『和敬清寂』の言葉を忘れていた。盗作をしているのかと最初から疑う心を胸に秘めた状態で、話をしようとしていたのだ。

「次こそ、互いに心を開いて分かり合えるよう努力し、常に謙虚な姿勢で相手を敬い、心の中の清らかさを保ちつつ、何があっても動揺せず、しっかり話をしたいのです」

「そっか。あまり、賛成はできないけど……」

「今度は、わたくしめが同行しましょう」

「テイラーさん。いいのですか？」

「ええ。お爺さんが一人でもいたら、そこまで大きな態度も取れないでしょう」

「そんな、お爺さんだなんて。でも、テイラーさんがいてくれたら心強いです、お願いできますか？」

「もちろんです」

ここで理人が挙手をする。

「ごめん。手ぶらで行くのはよくないから、お土産を作って持って行こうと思っているんだけれど」

その土産とは——探偵の身上調査。

「たぶん、調べたらいろいろ出てきそうなんだよね。麗子ちゃんはどう思う？」

「それは……そうですね。逆に、私達が訴えられる可能性がありますので」

「一ヵ月くらい時間をもらうけれど」

「分かりました」

こうして、麗子はもう一度広美と話をしてみることにした。

◇◇◇

依然として、問い合わせは続いている。今日は店舗と事務所に抗議の電話がかかってきたらしい。

「なんていうか、マメだよねぇ」

かかってきた電話の録音を聞きながら、理人は頬杖を突く。

店舗はギルバートが出て、事務所は吉田が応対した。名乗った名前は違ったが、声は同一人物だった。内容は『浅草ちょこれいと堂』が『ショコラトリー・メロンジュ』の商品を盗作しているのでは？　という指摘である。

ギルバートはタブレットに視線を落とし、眼鏡の蔓《つる》を上げながら報告する。

「サイトへの盗作指摘は十件、ＳＮＳのアカウントへは二十件」

「すっごくマメだ！　でもそのマメさを、嫌がらせに使ってほしくない！」

麗子は溜め息を一つ落とした。

「野口さんの声ではないので、知り合いに頼んだのか、人を雇ったのか」

「あー、それ、雇った人みたい」

探偵事務所からデータで広美についての調査書がたった今、届いたようだ。

「この人ねえ……困った人だよ」

嫌がらせは三人雇って行っていたらしい。『浅草ちょこれいと堂』の店頭での盗作指摘の他に、電話、サイト、ＳＮＳへの問い合わせに加え、大型掲示板への悪口の書き込みなど。

「問題行動はこれだけじゃなくて、他にもあるみたい」

今までも、チョコレートのアイデアの盗作で他のショコラティエとトラブルが確認されているらしい。

「なんていうか、彼女、よく言ったら欲望に素直で、感受性が豊かなんだね……。悪く言ったらインスパイアのされ方を間違っているというか……」

人気商品を真似なければ、生きてこられなかったのかもしれない。しかしそれは、同じショコラティエールとしては許せることではない。

一応、『ショコラトリー・メロンジュ』の常連客数名からも、一年前に木苺のホットチョコレートは販売していなかったことを確認しているという。

麗子は、腹を括った。確固たる意志を持って提案する。

「明日、『ショコラトリー・メロンジュ』に行きませんか?」

「そうだね。そのほうがいい」

もう、我慢も限界である。ついに、最終決戦の時がやってきたのだ。


ギルバートを引き連れ、麗子は敵地へ向かう。武器は理人から教わった『和敬清寂』の心。

それから、探偵が調べてくれた広美についての身上調査書だ。

ドクン、ドクンと胸が大きく鼓動する。今までにないくらい、緊張していた。

一歩、一歩と『ショコラトリー・メロンジュ』へ近づく。

そして――ようやくたどり着いた。

窓の外から、店内を覗き込む。広美は一人、チョコレートが入ったガラスケースを磨いていた。

ショコラティエールにとって、チョコレートの入ったガラスケースは宝石箱だ。

丁寧に丁寧に手入れをしている様子を見て、胸が締め付けられる。

チョコレートを大事にする気持ちはたしかにあるのに、どうして他人を困らせるようなことをしてしまったのか。

ここでただ見つめていても、問題は解決しない。勇気を出して、店の中へと入った。

「いらっしゃいま――」

広美はやってきた麗子とギルバートを見て、目を丸くしていた。

「あなた達、うちに何をしにきたの？」

「お話を、しにきました」

「私は、話すことなんてない！　帰って！」

そう叫び、手にしていた布巾を投げつける。布巾は麗子に当たる前に、ギルバートが叩き落とした。

「な、なんなの⁉　二人して、私を責めに来たの⁉」

麗子とギルバートを前にして、いきなりこのような態度に出るのは何か後ろ暗いことがあると主張しているようなものだ。

まず、麗子は心を落ち着かせ、冷静さを取り戻す。息を吸って、はいて。それから、広美に話しかけた。

「あの、チョコレートを買いに、きたんですけれど」

「は？」

「チョコレートです。そこにあるチョコレートのセットを二箱ください」

「どういうつもり？」

「ですから、チョコレートを買いにきたんです。お願いします」

再度言うと、広美はしぶしぶといった様子で箱詰めする。

代金を支払い、チョコレートを受け取った麗子はイートインスペースに向かった。

そこでギルバートと並んで座り、丁寧に包装を剝いだ。箱を開くと、チョコレートの濃い香りがふんわりと漂う。

四角く区切られた箱の中には九個のチョコレートが入っていた。

麗子は、広美が作ったチョコレートを食べる。一つ目はトリュフ。外側はパリパリのチョコレートでコーティングされていて、中はなめらかなチョコレート。あっという間に、チョコレートは口の中からなくなる。

「美味しいです」

麗子の感想を、広美は目を丸くしながら聞いていた。

「生チョコレートも、口どけがいいですね。甘さもちょうどいいです」

飽きることなくどんどん食べ進め、あっという間に箱を空にした。

「どれも、美味しかったです。素晴らしい、チョコレートでした」

「……」

「きっと、かなりの試行錯誤と努力をされたのでしょう」

基本的なチョコレートは、シンプルな分難しい。皆、食べ慣れている上、どこにでもあるので他店の物と比べてしまう。

広美のチョコレートは、東京にたくさんあるショコラトリーの中でも上位に食い込むほどの美味しさだった。麗子は素直に、そう評する。

「だから、余計に残念に思ってしまいました。どうして、たしかな実力があるのに、あんなことをしたのかと」

じっと、広美の目を見つめる。彼女の瞳は、潤んでいた。

「あなたには、一生分からない。チョコレートも上手く作れて、アイデアやデザイン力もある、あなたには……！」

ああ、そうかと腑に落ちる。

広美はチョコレートを作る飛び抜けた技術はあるが、新しいチョコレートを考える能力に自信がないようだ。だから、他人の尖ったアイデアを借りてチョコレートを作っていた。

「暴露でもなんでもすればいいわ。証拠なんてないんだから！　私はあなたを訴えるわ！」

あまりにも激しい感情を前に、胸が苦しくなる。

このままではいけない。今後、彼女は美味しいチョコレートが作れなくなってしまう。

先ほど食べたチョコレートは本当に美味しかった。それが食べられなくなるのは残念だ。

だから麗子は、冷静に語りかけた。

「私の店がもし潰れても、野口さんのお店が繁盛するわけではありません。アイデアやデザインが、浮かぶわけでもないのですよ。妨害や訴訟をするのは、時間の無駄です。そんなことをしている暇があったら、この店がどうすれば繁盛するのか、考えたほうがずっといいです」

「あなたは才能があるから、そんなことが、い、言えるのよ！」

「才能？　私だって、チョコレート作りは苦労しています。一ヵ月、何も思いつかない日だってありますから」

「でも……でも……」

「もう、止めましょう。すべて赦《ゆる》しますから、また、頑張って、美味しいチョコレートを作りましょうよ。私は、野口さんが作るチョコレートが好きです。この先もずっと、ショコラティエールでいてください」

心の中にあった気持ちを、すべて言葉にすることができた。

それは今まで他人に自分の気持ちを言えなかった麗子にとって、大きな成長だった。

「チョコレートが、大好きなのでしょう？　その気持ちを、悪いことに使わないでください。チョコレートが、可哀想です」

その言葉は、広美の心にも届く。

広美は目を見開き、その場に頽《くずお》れる。

どうやら、本当に大事なものに気づいていなかったようだ。

「わ、私は……なんてことを、してしまったの……！」

広美はポロポロと、涙を零し始める。麗子は何も声をかけず、窓の外の風景を眺めていた。

青空に、白い雲が流れている。

初夏を匂わせる、晴天だった。

◇◇◇

これにてめでたしめでたし、というわけではなかった。

嫌がらせや営業妨害について、理人が警察に被害届を提出していたのだ。弁護士を通じて話し合いをした結果、被害届は取り下げて示談という形になった。

後日、広美より正式な謝罪を受ける。簡単に赦せることではなかったが、麗子はすべて水に流した。

「本当に、私は何を以て、詫びればいいのか……」

「だったら、勉強会をしましょう」

「え？」

「双方できることを出し合って、コラボ商品にしたらいいですよ」

探偵に調べさせた結果、『浅草ちょこれいと堂』と『ショコラトリー・メロンジュ』の客層は被っていない。客の食い合いにはならないだろう。

「今まで、私の技術不足で作れなかったチョコレートがあるんです。野口さんの技術があれば、作れるかもしれません」

「あなた、本気?」

「本気です。野口さんの技術を、学ばせてください」

差し出した手を、広美は恐る恐ると握り返す。

麗子はしっかり握り、「これから頑張りましょう」と決意をしっかり表明した。


もう、人付き合いから逃げない。

そう決めた麗子は、いつの間にか以前よりもずっと強くなっていた。

blog

ルミのチョコレートファンブログ

『浅草ちょこれいと堂のフランボワーズ・ショコラ・ショー』

評価：★★★★★

こんにちは、ルミだよ。

本日紹介するのは、お馴染み『浅草ちょこれいと堂』の『フランボワーズ・ショコラ・ショー』。

これは春限定の特別な一杯で、私は毎日通って飲んでいるんだ。

名前にフランボワーズと付いているだけあって、普通のショコラ・ショーとは違うんだよ。

ショコラ・ショーにフランボワーズ風味の生クリームが載せられていて、中には木苺のブランデーが利かせてあるんだ。

フランボワーズの生クリームはなめらかで、口の中に春を運んでくれるんだよね。そこに、チョコレートの風味が加わると、味が超濃厚になる。

フランボワーズの酸味があるので後味はすっきり爽やか。甘ったるさが残ることはない。

残りが少なくなったら、生クリームとショコラ・ショーを混ぜちゃうの。すると、また別の味わいになるんだよね。

とにかく美味しくって、何杯でも飲めちゃうんだけれど、一日限定二十杯だから売切れ御免!

売り切れていても、普通のショコラ・ショーだったら、あるかも? こっちもかなりオススメ。

この一杯に、お店のショコラティエールの苦労とチョコレートへの情熱が詰まっているから、みんなもぜひぜひ飲んでね!

ちなみに、販売は五月下旬までらしいよ。

私はあと百杯くらい飲みたいかも。

コメント欄で、オススメのショコラ・ショーのお店を教えてくれたら嬉しいな。

自分で作れたらいいんだけれど……。

ショコラ・ショーのオススメレシピも募集中!

コメント(592)トラックバック(1)

エピローグ

「まさか、今回の事件の事の発端が、『ルミのチョコレートファンブログ』だったなんて！」

麗子から詳しい事情を聞いた理人は、頭を抱えていた。

広美は『ルミのチョコレートファンブログ』のファンで、自分の店が紹介される日を今か今かと待ち望んでいた。

そして、数ヵ月前についに掲載されたのだが、コメント欄には『ショコラトリー・メロンジュ』のチョコレートではなく、行方知れずとなった麗子を心配する内容ばかり投稿されていたようだ。

憧れのブログで紹介されたのに、誰も見向きもしない。面白くないことだっただろう。

その結果、広美の怒りの矛先は——麗子へ向かってしまったのだ。

「麗子ちゃん、ごめんね」

「あの、なんで胡桃沢さんが謝るのですか？」

「あれ、ギルバートから聞いていていない？」

「？」

首を傾げる麗子に、理人はタブレットを操作して画面を見せる。

それは、『ルミのチョコレートファンブログ』の管理ページだった。

「あ……あの、ルミってもしや……？」

「僕だよ」

「ええっ⁉」

ルミという名は、胡桃沢から二文字取ったものだったのだ。

「な、なぜ、女性名で、ブログを？」

「男が紹介するより、女の子が紹介するほうが閲覧数とか伸びると思って」

「そ、そう、だったのですね……」

ということは、麗子のチョコレートを大絶賛してくれたのは、理人だということになる。

そのことを思い出し、なんだか恥ずかしくなった。

「麗子ちゃん、どうしたの？」

「いえ、その、なんていうか……私のチョコレートを、好んでくださり、ありがとうございました。ブログに書かれてあった内容は、仕事で落ち込んだ私を励ます、最大のお薬でした」

しどろもどろな麗子の言葉に、理人は笑顔を返す。

それは甘ったるい、チョコレートのような笑顔だった。

◇◇◇

今日も今日とて、麗子はチョコレートを作る。
だんだんと、チョコレートの香りが濃くなってきた。
ガトーショコラが、焼けているのだろう。
麗子は目一杯チョコレートの香りを吸い込み、幸せな気分でオープンを覗いた。
『浅草ちょこれいと堂』は、本日も平和に営業中である。

あとがき

こんにちは、江本マシメサです。『浅草ちょこれいと堂～雅な茶人とショコラティエール～』をお手に取っていただき、ありがとうございました。

人生に悩み、迷走する主人公麗子が、茶人の理人と出会い、胸を張って前を向けるようになるまでの物語です。

茶道の心得は自然と背筋がシャンと伸びるようなものばかりで、作中の言葉となりますが和敬清寂という教えは特に胸に響きました。

チョコレートは子どもの時から親しみあるもので、ケーキでも、アイスでも、パフェでも、絶対にチョコレート一択でした。大人になった今でも、ほぼ毎日食べています。

今まで、チョコレート好きだと自覚していなかったのですが、この作品を執筆するにあたり、もしかして私はチョコレートが大好きなのでは、と気づきました。

おかげさまで、一冊を通して楽しく書かせていただきました。同じように、読者様にも楽しんでいただけたら嬉しく思います。

面白い試みとして、作中のブログを本文中で再現していただきました。最初、編集さんに「ルミのチョコレートファンブログの記事を実際に書いて、本文中に本物のブログっぽくデザインを入れて、仕上げてみるのはいかがでしょう？」と言われた時、「どういうことなんだ？」と首を捻っていました。しかし、完成したページを見てみると、チョコレートのイラスト入りの可愛いらしいブログのページができているではありませんか！

ブログ記事の作成を頑張ってよかったと、心から思いました。担当編集様、すばらしいアイデアをありがとうございました！

今回、小学館文庫キャラブンから刊行している『浅草和裁工房 花色衣 着物の問題承ります』という作品から、八月一日というキャラクターが登場しております。浅草繋がりということで、出してみました。許可を出してくださった小学館様、マイナビ出版様、共に感謝申し上げます。ありがとうございました。

素晴らしい表紙は、細居美恵子先生に描いていただきました。

理人のまったり感と、ギルバートのイケオジ感と、麗子の楚々とした雰囲気を、作中のイメージそのままに再現していただきました。差し込んだ太陽の光がとてもきれいで……！

ご担当いただき、本当にありがとうございました。

担当編集様におきましては、的確なツッコミと、飴と鞭から鞭を抜いたものをたくさんいただき、作品をいいほうに、いいほうにとぐいぐい引っ張ってくださいました。

感謝の気持ちでいっぱいです！

最後に、読者様へ。楽しんでいただけたでしょうか？　ご縁があったことを、心から嬉しく思います。また、どこかでお会いできることを祈って。

江本マシメサ

この物語はフィクションです。
実在する人物、団体等とは一切関係ありません。
本作は書き下ろしです。

■参考文献
『思わずつくりたくなる 極上のチョコレートレシピ』(NHK出版)
『パリのチョコレート屋さん』ジュウ・ドゥ・ポゥム(主婦の友社)
『チョコレートの手引』蕪木祐介(雷鳥社)
『とっておきのチョコレートのお菓子(Sweet sweets series)』小嶋ルミ(成美堂出版)
『プロのための製菓技法 チョコレート:チョコレートの扱い・製法、それぞれの方法』
長島正樹、藤原和彦、森下令治、森大祐(誠文堂新光社)
『茶道美談』熊田葦城(宮帯出版社)
『裏千家茶道 風炉の点前(お茶のおけいこ)』阿部宗正(世界文化社)
『茶の湯 表千家 清流無間断—せいりゅうにかんだんなし』千 宗左(NHK出版)
『茶の湯 藪内家 茶の湯五〇〇年の歴史を味わう—家元襲名披露茶事に学ぶ』藪内紹智(NHK出版)

江本マシメサ先生へのファンレターの宛先

〒101-0003 東京都千代田区一ツ橋2-6-3 一ツ橋ビル2F
マイナビ出版 ファン文庫編集部
「江本マシメサ先生」係

Fan
ファン文庫

浅草ちょこれいと堂
～雅な茶人とショコラティエール～

2019年6月20日　初版第1刷発行

著　者	江本マシメサ
発行者	滝口直樹
編　集	山田香織（株式会社マイナビ出版）、濱中香織（株式会社imago）
発行所	株式会社マイナビ出版
	〒101-0003　東京都千代田区一ツ橋2丁目6番3号　一ツ橋ビル2F TEL　0480-38-6872（注文専用ダイヤル） TEL　03-3556-2731（販売部） TEL　03-3556-2735（編集部） URL　http://book.mynavi.jp/

イラスト	細居美恵子
装　幀	AFTERGLOW
フォーマット	ベイブリッジ・スタジオ
校　閲	株式会社鷗来堂
DTP	石井香里
印刷・製本	図書印刷株式会社

 ISBN978-4-8399-6830-4
Printed in Japan

ファン文庫

君と過ごす最後の一週間

著者／新井輝
イラスト／ツグトク

普通の兄妹の不思議な一週間の物語。

ある日、突然妹の都湖子が交通事故で亡くなった。
寂しさで落ち込んでいた博史の前に、死んだはずの妹が現れる。
彼女のやり残したこととは――？